战斗在黑嫩地区

周保中　等◎著

吕　鹏　牛慧清　李　娟◎编

中国文史出版社

图书在版编目（CIP）数据

战斗在黑嫩地区 / 周保中等著 ; 吕鹏, 牛慧清, 李娟编. -- 北京 : 中国文史出版社, 2024. 12. --（来时的路 : 亲历者讲述红色故事 / 朱冬生主编）.
ISBN 978 -7 -5205 -4774 -1

Ⅰ. I251

中国国家版本馆 CIP 数据核字第 20246WV609 号

责任编辑：金　硕　胡福星

出版发行：**中国文史出版社**
社　　址：北京市海淀区西八里庄路 69 号　　邮编：100142
电　　话：010 -81136606/6602/6603/6642（发行部）
传　　真：010 -81136655
印　　装：廊坊市海涛印刷有限公司
经　　销：全国新华书店
开　　本：700mm ×1000mm　1/16
印　　张：14. 75
字　　数：141 千字
版　　次：2025 年 1 月北京第 1 版
印　　次：2025 年 1 月第 1 次印刷
定　　价：69. 00 元

丛书编委会

出版说明

选题缘起

一是贯彻落实习近平总书记提出的“要讲好党的故事、革命的故事、根据地的故事、英雄和烈士的故事，加强革命传统教育、爱国主义教育、青少年思想道德教育，把红色基因传承好，确保红色江山永不变色”重要指示精神，深入挖掘红色资源，丰富精神宝库。“采取青少年喜闻乐见、易于接受的形式”，讲好“四个故事”、加强“三个教育”，以高度的历史自觉培育有理想、有本领、有担当的时代新人。抚今追昔、鉴往知来，不忘初心、牢记使命，始终牢记“我们走得再远都不能忘记来时的路”，让信仰之火熊熊不息。

二是引导人们树立正确的历史观。中国共产党百年非凡奋斗历程为我们留下了丰厚的精神遗产，随着时间的推移，现阶段人们尤其是年青一代对当年那一段血与火的历史已渐感陌生；网络时代媒体传播的多元化，极大丰富了人们的信息资源，但在一定程度上也干扰了人们对历史的正确认知，特别是关于党史和军史，存在不准确甚至不正确的史料传播。本丛书旨在通过收集和整理史料，让历史说话，用史实发言，为人们树立正确历史观提供翔实资料。

三是文史资料再开发的尝试。现存的权威军史资料大都时日已长，为防止宝贵的红色资源湮没在历史尘埃中，迫切需要对其进行深度挖掘、梳理整合，以“亲历、亲见、亲闻”的“三亲”史料的形式，让红色资源以新的体系、新的样态呈现在世人面前，更好地发挥教育功能。

编选原则

一是坚持正确的政治立场。牢牢坚持党性原则，牢牢坚持马克思主义新闻观，牢牢坚持正确舆论导向，牢牢坚持正面宣传为主。

二是主题鲜明。丛书反映了中国共产党团结带领中国人民，以“为有牺牲多壮志，敢教日月换新天”的大无畏气概，书写了中华民族几千年历史上最恢宏的史诗；展现了坚持真理、坚守理想，践行初心、担当使命，不怕牺牲、英勇斗争，对党忠诚、不负人民的伟大建党精神。

三是史料权威。丛书内容来源于《中国人民解放军历史资料丛书》《中国抗日战争军事史料丛书》《中国工农红军长征史料丛书》所收录的文章及老一辈革命家的回忆录等。涉及党内路线斗争的题材概不收入；涉及犯有重大错误的人员的情况只做客观描述，不做评述；理论性较强，不便于一般读者理解的文章慎重选录。

四是注重“三亲”性。所选文章紧扣“亲历、亲见、亲闻”的特点，内容感人至深、思想丰富深刻、语言通俗易懂，为加强红色资源的故事化提供生动范例，做到知识灌输与情感培养并举。

卷册专题划分

一是在纵向上按照中国革命的历史进程，讲述了土地革命战争时期、抗日战争时期、解放战争时期及新中国成立初期的党史和军史故事。

二是在横向上各个历史时期再按区域或按部队序列进行分述。如土地革命战争时期的各地武装起义，按照当年武装起义比较集中的地区，如湘赣、湘鄂西、鄂豫皖、苏浙闽沪、陕甘等分别编辑成册。抗日战争时期，按照八路军第一一五师、第一二〇师、第一二九师、新四军、华南抗日游击队、东北抗日联军等分别编辑成册。解放战争时期，按照第一、第二、第三、第四野战军和华北军区部队，以及剿匪斗争、策动国民党军起义投诚等分别编辑成册。后勤工作、军队院校等特殊领域，单独成册。

囿于文史资料的自身特点，作者个人身份立场、视野角度不同，一些人撰稿时年事已高、事隔经年，记忆恐有偏差，细节难求完全准确，有意偏重或弱化亦难避免。对此，我们力求维持原貌，体现多说并存，只对一些显而易见的讹误进行了谨慎订正。诚然如此，由于我们能力水平和主客观条件的限制，难免有疏漏之处，恳请广大读者批评指正！

编　者

2024 年 6 月

本书提要

九一八事变后，在被日军占领的东北，相继兴起为数众多的抗日义勇军，揭开了东北抗日游击战争的序幕。1931 年 10 月 12 日，中共中央发出关于建立游击队、开辟游击区的指示。中共满洲省委陆续派出省委、省军委及有关方面的负责人杨林、杨靖宇、赵尚志、赵一曼等，赴南满、东满、北满等地组织开展游击战争。到 1933 年初，由中国共产党直接领导的巴彦、南满等几支游击队相继成立，逐渐成为东北的主要抗日武装力量。从 1936 年初到 1937 年秋，在中国共产党的领导和组织下，东北抗日游击队、东北人民革命军等抗日武装陆续改编成东北抗日联军，共有 11 个军 3 万多人。在极端困难的条件下，东北抗日联军在南起长白山，北抵小兴安岭，东起乌苏里江，西至辽河东岸的广大地区内，开展游击战争，同日伪军进行了数千次的战斗，粉碎敌人多次“讨伐”，歼灭大量日军，有力地打击了日本侵略者在中国东北的殖民统治，鼓舞了全国人民的抗日爱国热情。本书收录的文章主要围绕1931年至1945年期间东北地区的党组织建设、抗日根据地建设、抗日武装建设以及开展的游击战争展开，真实记录了中国共产党直接领导的抗日游击队，在斗争中不断壮大，给日、伪军以沉重打击，展现了东北人民誓死不当亡国奴，为收复东北失地而奋起抗战、不屈不挠的斗争精神。

目录

东北民众抗日义勇军*

宋　黎

东北民众抗日义勇军兴起于1931年10月，分布遍及东北各地。

1932年初，在辽西活动的著名的抗日义勇军队伍有耿继周领导的“东北抗日救国义勇军”，王显廷领导的“辽西抗日义勇军”，赵大中领导的“蒙边威镇第一义勇军”等数十支部队。1932年5月，我经吉林、黑龙江、辽东、沈阳等地辗转到达辽西新民，组织成立了“东北民众抗日义勇军总指挥部”，共1200多人，我任总指挥，在新民、沈阳一带进行抗日斗争。沈阳陷落后，卸任警官邓铁梅回到家乡组织抗日队伍。10月中旬，邓在本溪、凤城一带组织180余人的队伍，建立“民众自卫军”，成为辽东三角地带一支抗日劲旅。1934年9月邓铁梅不幸被捕牺牲。苗可秀继邓之后组织余

* 本文原标题为《东北民众抗日义勇军的兴起及武装抗日斗争》，收录时做了适当修改。

部，创建新的义勇军“少年铁血团”，队伍发展到400余人，1935年7月苗可秀被捕牺牲。绿林出身的张海天、项青山在营口、海城、辽阳、盘山、台安一带组织义勇军千余人，不久又与吴宝丰、王化一抗日武装联合组成“海城义勇军”，队伍发展到千余人。1931年末到1932年春，辽南各地义勇军迅速发展，其中规模较大的有活动在辽阳小堡村一带的李兆麟等指挥的“东北民众义勇军”，活动在沈阳、本溪、辽阳之间山区的赵殿良、白广恩领导的“东北民主义勇军”，活动在辽阳石厂路一带的白乙化领导的“东北青年抗日义勇救国军”，这些队伍每支数百至数千人不等。九一八事变后，原辽宁东边道镇守使于芷山当了汉奸，属下一团团副不甘附逆，联络东边道各县县长、公安局局长、公安大队长及爱国志士，经多方准备于1932年3月21日正式成立“辽宁民众自卫军”，任命了18路5个大队司令，唐聚五被推举为总司令，队伍发展到7万多人。辽宁义勇军迅猛发展，名目繁多，系统不一，为了加强统一指挥和领导，“东北民众抗日救国会”对辽宁义勇军进行了统一称谓，一律改称“东北民众自卫义勇军”。从1931年1月起到1932年4月，共加委了54路27个支队司令。1932年5月以后，“救国会”将辽宁各地义勇军划分为辽西、辽南、辽东、辽北、热边五个军区。同年，“救国会”和辽吉黑三省后援会又将军区改为军团，除原来5个军区改成5个军团外，又增加第六、第七军团。

1931年9月24日，吉林省军署参谋长叛变投敌，依兰镇守使兼二十四旅旅长李杜立即向辖区各县发出通电，呼吁各县军民团结起来一致对敌。1931年1月下旬，在取得第一次哈尔滨保卫战胜利之后，为了共同对敌，李杜、冯占海、邢占清、赵毅各路义勇军在哈尔滨联合成立“吉林自卫军”，李杜为司令，冯占海为副司令兼右路军总指挥，邢占清为中路军总指挥，赵毅为左路军总指挥，王之佑为前敌总指挥。1932年2月，日军第二师团大举进攻哈尔滨，第二次哈尔滨保卫战失败，吉林自卫军退守松花江下游方正、延寿、依兰一带休整，其间吸收了大批中东路沿线和松花江沿岸的民众抗日武装，使这支原来纯由吉林正规军组成的抗日队伍，在结构上发生了很大变化，队伍扩大发展到5万多人。1932年4月，自卫军分三路反攻哈尔滨，不料正当战斗节节胜利，逼近哈尔滨之时，自卫军总部所在地依兰遭日军进攻，使自卫军陷于进退两难境地，反攻哈尔滨遂告失败，李杜等后来退入苏联境内。右路军冯占海部在宾县附近整顿部队，重整旗鼓，独立作战。5月下旬，冯占海决定脱离“吉林自卫军”系统，将部队改称“吉林抗日救国军”，再次反攻哈尔滨未果，后南下收复榆树县城，而后攻克五常、舒兰。9月10日，围攻吉林，血战数日，久攻不下遂撤围。9月19日，救国军分两部分活动，一部留在原地相机扰敌，一部向辽西热边转进，以便同关内联络，补充弹药给养，伺机东归。1932年2月8日，吉林军第二十七旅六七六团三营营长王德林率全营官兵抗日，并联合当地公安警察、民团、保甲队伍1200余人，创建“吉林中国国民救国军”，奇袭海林车站，收复宁安县城，广泛吸收抗日武装，队伍发展到3万多人。1932年秋冬，日军对吉东实行“大讨伐”，救国军作战失利。1933年1月，王德林率部退入苏境，余部由吴义成、周保中、李延禄等领导，继续坚持斗争，以后创建了东北抗日联军第四军和第五军。

1931年10月，日军向黑龙江省进兵。10月10日，张学良电令黑龙江省黑河警备司令兼第三旅旅长马占山为黑龙江省代主席兼军事指挥。马占山于10月20日到达齐齐哈尔，调集黑龙江省驻军加强嫩江桥防守。11月4日，日军1万余人向嫩江桥发起进攻，14日嫩江桥抗战失利，马占山一面收容整顿部队，一面组织民众抗日武装，扩充抗日实力。1932年4月，马占山将原有的部队编成9个旅，另外编成11支民众抗日武装，总兵力约6万人，统一改成“黑龙江抗日救国军”。这时马占山所部义勇军已超出正规军的范围，具有了广泛的民众基础。黑龙江省全境义勇军约7万人。1932年11月，中东路哈满线护路司令兼黑龙江省步兵第二旅旅长苏炳文宣布抗日，组成“东北民众救国军”，队伍约5000人。12月，日军大举围攻救国军，救国军作战失利，损失惨重。苏炳文同马占山等一同撤入苏联境内，余部冲破敌人的围追堵截，转进到热河。

1931年11月至1933年春，日军从正面向爱国军民据守的齐齐哈尔、锦州、哈尔滨、海拉尔以及承德、赤峰等地进攻，与东北抗日义勇军针锋相对，相继进行了嫩江桥阻击战、锦州保卫战、哈尔滨保卫战以及热河保卫战。

嫩江桥阻击战　1931 年 11 月 4 日，日军出兵进犯嫩江桥，马占山率部奋起抵抗，嫩江桥抗战爆发，这是东北军部分爱国官兵第一次对日本侵略者进行有组织、大规模的武装反抗。嫩江桥抗战历时 15 天，日军投入 3 万余人，有飞机、坦克助阵，而守军只有 1.3 万人。但爱国军民士气高昂，誓死抗战，开战当日即杀伤日军 400 余人。战斗中马占山亲临前线，身先士卒，极大地鼓舞了士气。最后终因孤军无援，伤亡惨重，放弃阵地。15 日，日军占领齐齐哈尔，嫩江桥抗战遂告结束。

锦州保卫战　日军于 1931 年 12 月 12 日即制定了攻锦方案。张学良也在准备将关内的东北军编成两个军开往关外，加强大凌河防线。12 月中旬，张学良指示黄显声负责指挥大凌河防线，不料正当黄显声积极准备迎敌之际，东北军驻辽西锦州各部突然接到入关命令，大凌河一线就只剩公安骑兵总队和义勇军孤军抗日。他们一面掩护正规军撤退，一面与敌拼杀，战斗任务异常艰苦。辽西、辽南、辽北义勇军，分别开赴奉山、营沟铁路沿线，或正面阻击，或侧翼骚扰，或从背后牵制，杀伤了大量敌人，迟滞了日军向锦州推进。1932 年 1 月 1 日，日军兵临锦州城下，黄显声一面布置公安总队抗击日军，一面组织省府人员撤退，誓与日军决一死战，但终因众寡悬殊，锦州于1月3日陷落。

哈尔滨保卫战 哈尔滨保卫战从1932年1月27日开始至2月5日结束，前后历时十天，分两期进行。1932年1月27日，日伪军开始向哈尔滨进攻，义勇军顽强抗敌，几次与敌展开近战，战斗异常激烈，并击落日机1架，击毙敌机驾驶员。义勇军还对伪军展开政治攻势，战场喊话，让他们不要为日本人卖命，反正参加义勇军，致使伪团长田德继率部起义，编入抗日义勇军。第二天上午，伪军在义勇军的夹击下大败而逃。第一次哈尔滨保卫战以胜利告终。2月3日，日军集结了步兵5个大队、骑兵1个大队、野炮兵3个中队，在战车、空军、伪军的配合下，向哈尔滨展开进攻，义勇军在顾乡屯、秦家岗、南岗、马家沟、三棵树、上号、道外等地设兵予以迎击。中共哈尔滨地下党广泛发动群众，成立各种反日组织并动员青年学生积极参战，民众送饭送水，照顾伤员，给义勇军极大鼓舞和支援。经三日激战，给日伪军以重大杀伤，并击落日机1架。虽经苦战，但终因“伤亡盈千，兵力过疲，呼救无援”，义勇军于2月5日退出哈市。

热河保卫战 日军占领东三省并攻取山海关之后，乘势进军热河。张学良决心与日军拼死一战，保卫热河，收复东北失地。1932年夏秋以来，他进行了一系列的军事准备，调集了大批东北军进驻热河，并收编了进驻热河的义勇军，总计7万多人。1933年2月21日，日军以10万兵力，分北、中、南三路向热河发起进攻，各路义勇军和东北军爱国官兵虽经十几天的浴血苦战，但因孤军奋战，加之东北军内高级将领汤玉麟、万福麟、孙殿英各怀异志，贪生怕死，临阵脱逃，部下叛变，致使阵地一个一个被日军攻占。3 月 2 日赤峰陷落，3 月 3 日各路日军逼近热河省会承德，4 日承德陷落，热河抗战作为九一八抗战悲壮的一幕，宣告结束。

在敌后战场上，抗日义勇军的游击战争十分活跃。到 1932 年夏秋之际，义勇军发展到 40 万人，游击范围广及 102 个县。邓铁梅夜袭凤凰城，毙伤日伪军 50 余名；锦西义勇军围歼古贺联队，毙日军骑兵大佐古贺传太郎以下 80 余人；庄河大刀会夜袭土城子，砍杀关东军靖安游击联队队长以下日伪军多名。范甫忱、张金辉、吴海山等部在法库作战，毙日军 20 多名，并缴获野炮 1 门；王德林部伏击战击毙日军 120 名，缴获敌给养车 17 辆，辎重车 25 辆。各游击区内义勇军频繁出击，破坏敌人铁路运输，摧毁敌人军事设施，袭击敌伪军据点，使敌人寝食不安，严重地威胁了日伪统治。我党领导的东北民众抗日义勇军总指挥部，在这一时期也集中或分散地出击，围攻新民县城；破坏巨流河地段的铁路；潜入伪军中策反；组织青年抗日铁血团进入沈阳城，贴标语，撒传单，炸南满火车站、大烟馆、日本使馆，破坏伪满洲国的秩序，造成政治影响，打击敌人，鼓舞人民的斗志。

1932 年 3 月至 9 月，义勇军发动以收复中心城市为目标的强大攻势。当时伪满洲国刚刚成立，所谓“国联调查团”来中国东北进行调查，义勇军用实际行动向他们表明了中国人民反抗侵略、坚决推翻日伪统治的决心。4 月初，吉林自卫军集中 5 万兵力分三路反攻哈尔滨，前锋部队逼近哈市郊区，毙伤日伪军数千人。同年 3 月至 8 月，辽宁义勇军各部联合，先后多次袭击沈阳，8 月的一次攻入市内，一度占领东塔机场，烧毁敌机多架。9 月初，吉林救国军联合小股义勇军围攻吉林，一度冲入市区。

东北义勇军的英勇抗战，特别是敌后抗日游击战，使日军深感在东北的兵力不足，因而不停地向东北增兵，到 1932 年 10 月，日军在中国东北的总兵力有 14 万人以上。1932 年冬，日军集中 6 万余人，在伪军的配合下，对我各抗日游击区进行“大讨伐”，我抗日将士在反“讨伐”战斗中虽获一些战果，但终因各自为战，缺乏协调统一的组织指挥，遭受到严重挫折而最终失败，但东北民众抗日义勇军抗日斗争的历史功绩和深远影响永存。

迫击炮独立大队*

张瑞麟

1932年秋天，驻防在吉林省舒兰县乌拉街的伪军警备第五旅十四团迫击炮连正在招募新兵，我认识的一个叫曹国安的共产党员要我和他一块儿去应征，我坚决不去。曹大哥耐心地给我解释，说去当兵不是真的去为敌人卖命，是为了深入到敌营，做瓦解敌军的工作。伪军里也有不少有爱国思想、反对日本侵略的人，我们进去把这些士兵争取过来，等时机成熟，连人带枪一起拉出去，就变成我们的队伍了。曹国安又告诉我，这个迫击炮连在九一八事变后不愿向日军投降，曾提出要进行抗日，后因势单力弱，被吉林的大汉奸熙洽收编，并派汉奸吉兴的外甥赵某任连长。不过有爱国心的士兵不会甘心跟他们走，只要深入进去，多对他们进行反帝爱国思想教育，一定能把这些人争取过来。

---

* 本文原标为《南满游击总队迫击炮独立大队的诞生》，收录时做了适当修改。

我俩商量好后，就去了乌拉街，找到迫击炮连驻地报名。我被编到一排，曹国安被编到三排，我俩都当一等兵。我们就这样打入了迫击炮连，完成了预定计划的第一步。

我们一排的排长叫白连柱，是原东北军的老炮兵，他不识字，连个报表也写不了。他发现我有点文化，很高兴，经常叫我帮助他填个报表，写点简单的文字材料。

这个连对士兵的管理并不十分严，我和曹国安同志差不多每天都能见面，他一有机会就对我讲马克思、列宁和俄国的十月革命，讲中国共产党是怎样建立的，讲中国工农红军在江西的革命斗争等。听他讲得多了，我的思想认识有了很大提高。

曹国安还叫我在一排多团结一些人，和他们密切思想感情，同时注意了解每个人的家庭历史、掌握思想动态。对那些有反日爱国思想的人，多去团结他们，把可靠的人先争取过来。

我在一排了解到，有些人就是为了混饭吃，没什么政治头脑；有些老兵有反日情绪，不愿给鬼子干事。我针对这些人的不同情况，积极进行思想工作。我把排里的情况经常向曹国安同志汇报，他不断地帮助我分析情况，指示我该怎么做。三排的李排长也没文化，曹国安在三排同样受到器重，他的能力更强，把三排的多数人团结起来了。

1933 年 2 月，伪十四团全团移防到吉林省城，迫击炮连也一同移防，驻在原东北军的“东大营”。这时曹国安和我研究，为了在与更多的人接触中避免引起怀疑，决定利用当时社会上流行的形式结拜“盟兄弟”。我俩在一、三排联络了 20 多个可靠的人举行了结拜仪式，曹国安岁数最大，大家就把他当成大哥。曹国安讲了当时的政治形势，让大家在这民族危亡、国难当头的时候，不做奴隶，不当牛马，要团结起来，组织起来，互相帮助。他还经常讲历史上民族英雄反抗外侮的故事，积极宣传抗日救国的出路和光明前途。

后来，曹国安又对我说，现在迫击炮连没有什么大问题了，可是考虑将来起事，如有机关枪连配合就更有利了。于是，他决定再找一个人补进机关枪连。几天以后，曹国安领回一个叫宋占祥的人，先把他安排在旅馆住下，然后找到我，让我给介绍到机关枪连去当兵。但不巧，这时机关枪连正在整编裁人，不招新兵，后来把他编到了迫击炮连二排。从此，迫击炮连三个排都有了我们的人。

过了不久，迫击炮连也开始整编，几个有明显反日情绪的士兵被除名了，弄得人心惶惶。我们几个就借这个机会进行反日宣传。

1933 年 4 月下旬，十四团接到命令，到吉林南山里“讨伐”抗日游击队。部队奔波了十来天，根本就没和游击队接触上，又回到烟筒山镇临时驻防。

我们迫击炮连单独驻在镇南一个私人大院里。这个院很大，南北长 150 多米，东西宽 80 多米，土院墙有一丈多高，四角都有炮台。院里靠北面有 5 个很大的粮囤子，中间有一排九间的瓦房，连长住在正房的尽西头两间，我们一排住在东厢房，二、三排住在西厢房。

一天晚上，我们三人到院子东北角的空炮台里碰头，分析了形势，一致认为迫击炮连的士兵绝大多数厌恶伪军生活，反日情绪越来越大，如发动起义，能拉出去的人可达80%以上。烟筒山接近山林，离南满游击队活动地区较近，起义后很容易进山与游击队会合。4 月下旬，青纱帐起，自然条件对起义也有利。迫击炮连距离其他部队都较远，行动方便，不受牵制，错过这个时机，一旦调防离开烟筒山，进驻吉林省城或到平原地区，这些有利条件就要失去。经过分析，我们认为时机已经成熟，准备付诸行动。

几天后，正是端午节前两天即农历五月初三的中午，趁士兵们休息的时候，曹国安和宋占祥约我到大院门外东南100 米处的小苗圃散步。进到里边，曹国安同志严肃地对我说："你要求入党的愿望实现了。根据你的要求和工作表现，党组织接受了你的要求，我和宋占祥同志介绍你加入中国共产党。"这时我才知道，不仅曹国安，连宋占祥也是共产党员。听到这个消息，我的心猛烈地跳动起来，激动得不知说什么好，终于投入到了党的怀抱，这是多么不容易啊！我决心在党的领导下，为赶走日本侵略者，为中国革命的胜利，为人类的解放事业献出自己的一生。

在我入党的那天晚上，我们在大院那个空炮台里开了第一次党员会，决定在端午节的午夜 12 点发动起义，而后由曹国安领着队伍过铁路到车站南边三里多路的烟筒山下集合。由我们三人各自负责把本排的迫击炮带上，炮弹尽量多带。端午节这天午后，伪连长因提升为少校团副，摆席请客，三营营长、机关枪连连长和我们连的三个排长都参加了，他们一直喝到晚上七八点钟，一个个喝得酩酊大醉。

晚上，我们告诉一些骨干，夜里可能有情况，要他们警惕点。骨干们都假装喝醉，和衣躺在床上。五班的岗上了半个小时后，我悄悄地起来，顶上子弹，提着枪走出房门。这时曹国安走过来，看我起来没有。我们三个人又在房角碰了头，没发现什么新情况。曹国安低声说："时间到了，马上行动!"他的话音一落，我们快步跑回自己排住的屋里，大声喊着："不好了，弟兄们快起来，日本人来缴械了!"装睡的骨干"噌"地跳下地，也一边喊着一边推醒别人，然后拿起枪，顶上子弹冲出屋。其他人也都忙着穿衣服、拿枪，挎上子弹袋。不一会儿，全连100多人都慌乱地集合在院子里。黑暗中，我们正要把队伍带走，连长出来了，惊慌地问："什么事?"有人喊："日本人来缴械了!"连长故作镇静地命令各排排长、班长都到连部集合，其余弟兄都回去安心睡觉。在万分紧急的情况下，曹国安当机立断，低声命令我们："干掉他!"随着我们的枪声，伪连长应声倒地。一些骨干配合我们也打起枪来，结果一排长、二排长都被打中，我们的一个骨干也被误伤。这时驻在镇西的机关枪连听到枪声也不断地鸣枪示威。情况紧急，得赶快将队伍带出去，不然他们出来拦截就不好办了。曹国安大声喊："弟兄们，日本人就要包围咱们啦，大家赶快跟我走。"他说完就和宋占祥一起，领着队伍冲出了南大门，向着原定集合地点奔去。

带走迫击炮的计划因情况突变未能实现，我非常着急，心想：自己刚刚入党，党的会议决定要带走迫击炮，任务没完成怎么向组织交代？说啥也得把迫击炮带出去。想找一排的士兵，一个也找不着了，没办法我手持步枪进到烧酒房里，看到有 20 多个工人正在议论纷纷，我叫他们跟我到炮库抬炮。我挑了两箱炮弹，领着他们跑出大院。这时机关枪连的机枪声响得更紧了，我催促工人们快跑。我带着抬炮的工人赶到原定集合地点时，太阳已经冒红，曹国安、宋占祥已集合好队伍，正在等待我们。我们到了以后，曹国安清点了一下人数，除在东门值勤的五六名士兵和被打死、打伤的连排长外，其余全都来了。带出步枪 60 多支，每人 200 发子弹，还有我们最后带出的一门迫击炮，炮弹 17 箱共 68 发。

曹国安让大家坐好，然后做了简短的讲话，他说："我们胜利地起义了，从现在起，又开始成为真正的中国人，不当亡国奴了。我们要走抗日救国的光明道路，要抗日救国，就得和抗日游击队联系才有力量。"大家都同意曹国安的主张，表示愿意跟曹大哥走。曹国安当众宣布连队改编为"抗日迫击炮大队"，下面分设 3 个中队，经过提名推荐，大家同意曹国安同志任大队长，宋占祥同志任政治委员，曹国安提名我任第一中队长，另外又选了两名骨干任第二、第三中队长。队伍改编完了，“抗日追击炮大队”按一、二、三中队顺序，以急行军速度奔向东南方向的山林。

第二天一早，南满游击队派来代表和小部队迎接我们。他们打着一面红缎子大旗，旗上绣着黄色的镰刀斧头，上边还有一行“全世界无产阶级联合起来”的黑色大字，下面落款是“中国工农红军第三十二军南满游击总队”。我们都是第一次见到自己的队伍，真有说不出的高兴。我们和南满游击总队会合后，被正式编为“中国工农红军第三十二军南满游击总队追击炮独立大队”，投入了抗击日寇的斗争。

少年铁血营*

张泉山

少年铁血营的组建，最早可以追溯到 1927 年中共吉林省柳河县委的少年先锋队，创始人是共产党员刘三林同志。当时组建少年先锋队，是为了扩大中国共产党的影响，向百姓宣传打倒军阀地主的主张。我记得，那时我们柳河县四道沟的穷孩子，有不少参加了少年先锋队。我年龄小，先参加了儿童团，配合少年先锋队行动。少年先锋队的主要任务是送信、站岗，有时也跟着农会一起去开群众会。

到了 1931 年，柳河县委组成了抗日游击队，少年先锋队也参加了，有二三百人，他们和民众自卫军联合起来，一起打击日寇，但这支队伍在 1932 年冬就散了。后来由共产党员刘三林同志又组建了柳河抗日游击队，举起了抗日的旗帜，对日伪军进行斗争。由于队伍得到发展，在 1937 年的

* 本文原标题为《回忆少年铁血营的战斗生活》，收录时做了适当修改。

八九月份，把原来的少年先锋队改编成少年铁血连，连长王德才。当时少年连的主要任务，是跟着游击队破坏日军修铁路和公路，敌人白天修，我们晚间破，而且还歼灭了一些日军护路队，缴了一些枪支弹药，使我们少年连有了枪支，队伍得到扩大。

1933 年冬，杨靖宇率红三团、红五团（当时东北人民革命军叫红军）和教导团到柳河县，开辟抗日游击区。这些队伍和游击队联合起来，有 2000 多人。这时我在游击队少年铁血连当战士。日军和伪满政府看到红军的力量在壮大，群众也发动起来了，就组织日伪军到柳河一带进行“大讨伐”。为了保存实力，我们在杨靖宇的带领下，采取灵活的游击战术，不和敌人正面硬拼，打击日伪军的小据点，破坏日军的军事要道。到了 1934 年的春天，我们在柳河县荒沟子，袭击了敌人的保安队，消灭了日伪军 300 多人，缴了机枪和火炮等多种武器。1934 年 5 月，在清原县黑石头镇打了一仗，又消灭了日军 70 多人、伪军 200 多人。

为了进一步扩大游击区，解决过冬的吃、穿问题，这年秋季我们在杨靖宇的带领下，到了临江县日本人开的木场，消灭日本守备队 30 多人，缴获机枪两挺，步枪 20 余支，子弹 1 万多发，白面 1000 多袋，马百余匹及服装等。大约 10 月末，我们在通化的老爷岭火车站打了一仗，消灭了不少敌人，把日军抓来修铁路的工人全给放回家，使这个火车站一个月没能启用，收缴不少吃的用的及弹药，基本解决了这年冬天的军需用品。

1935 年春，少年连同保卫连、机枪连和游击队配合，伏击了日伪辑安县“讨伐队”。这天我们在辑安与桓仁交界的刀尖岭子沟埋伏好，在太阳一冒红时，辑安县“讨伐队”朝我们埋伏区走来，有 150 多人，在敌人进入埋伏区时，战斗打响了，我们歼灭了大部敌人，缴了四五十支大枪，还得了四五十套伪军公安队的服装，日本指挥官也被打死了。

1935 年 4 月，少年连化装缴了桓仁县窟窿榆树警察署的械。这个伪警察署长外号叫“孙大马棒”，横行乡里，无恶不作，百姓恨之入骨，为了消灭这个警察署，少年连在李敏唤政委的率领下，采取化装袭击，一伙人装土匪，一伙人装日军守备队。李政委让化装土匪的同志先到小四平街住下，化装成守备队的当晚就住在门转子。第二天大清早，假守备队就奔向小四平街，没等到跟前，就往村里打枪，假土匪就往小四平街南山跑。伪装的守备队过了河，就来到窟窿榆树警察署岗楼前，报了守备队的旗号，装扮成日军队长的说了一些让人听不懂的话，李政委就上前翻译说：“皇军让你开门，并把警察集合起来。”这时我们把机枪架了起来，并命令他们把枪交出来，听候处理。“孙大马棒”还没有明白是怎么回事，就跟在李政委的身后，一再表明他是如何忠于日本人的，等他看见我们把岗楼和警察署烧了以后，才知道我们是抗日队伍。我们没费一枪一弹缴了 30 多支大枪。我们在这里开了群众大会，把“孙大马棒”枪毙了。

1935年7月，我们回到柳河县大青沟，杨靖宇把少年铁血连改为少年铁血营，下设2个连，全营共计200多人。少年铁血营武器很好，配备有马枪、机枪，每人有三四颗手榴弹，100多发子弹，战士们精神状态很好，有战斗力。在这期间，我们活动在金川、柳河、通化、桓仁等地进行游击战。

1935年秋，日本关东军调日军第十师团和奉天教导团等部，在汉奸邵本良指挥的“讨伐军”配合下，大举向我们抗联第一军进攻。在这种严重形势下，杨靖宇决定采取牵牛鼻子战术，以求保存自己，歼灭敌人。当时军部和第一师及少年营轻装疾进，长途跋涉，敌人在后面紧跟不放。我们从柳河出发，沿龙岗山脉经新宾奔桓仁，用机动灵活的方式，攻其一点，打击邵本良部的马队，在桓仁雀岭消灭了他们60多人。就这样打打停停，与敌人在桓仁边界绕圈子，拖得敌人疲惫不堪。接连十几天行军，每天走百十里，时常吃不上饭睡不了觉。新参军的同志，不了解杨军长“先疲后打”的战术，就急着向领导请战。杨靖宇军长发现了大家的急躁情绪，就命令各部的指导员，多做思想工作。我记得杨靖宇跟他身边的战士说：“我们要靠两条腿把邵本良这伙卖国贼，肥的拖瘦，瘦的拖垮，到那时再狠狠收拾他。”大家知道这个道理后，情绪就稳定了。大约一个月的时间，我们日夜兼程，来到宽甸县的夹砬子道一座较平坦的小山坡上，接到命令说就地宿营，大家抱着自己的枪，就地一躺，很快就睡着了。

睡得正甜的时候，我突然被人推醒，来人告诉我说：“小张，你去通知一、二连和少年营，立即准备出发。”我一听这是杨靖宇军长的声音，非常高兴，迅速向红五团第一、二连和少年营传达了命令。

部队接到命令后，几分钟时间，就往前面沟里出发了。走了30多里路，在岭上我们接到命令，让大家就地隐蔽好，注意听战斗信号。天色大亮时，只听见顺山路的下坡方向传来嘈杂的说话声，只见30多个伪军，扛着日本三八大盖，大摇大摆地往我们这边走过来。一会儿，后续的敌人上来了，先头是伪军，中间是日军，后卫是邵本良的迫击炮中队。等到敌人走进我们埋伏圈以后，只听三声枪响，霎时机枪、步枪喷出条条火舌，手榴弹爆炸声，在山谷回荡。敌人都在我们的有效射程内，被打得七零八落，活着的敌人像没头苍蝇，有的刚刚取下枪，一枪未放，就举手当了俘虏。这时，日本鬼子继续顽抗，向我阵地疯狂反扑。我们居高临下，连续打退了敌人三次冲击。在机枪的掩护下，我们端着刺刀，向敌人发起冲锋，一鼓作气把敌人赶下河去，我们又集中火力往河里射击。仅一个多小时，战斗就结束了。这一仗打得非常痛快，击毙敌人400多人，俘虏伪军100多人，还缴获了两门迫击炮和不少枪支弹药。遗憾的是，邵本良溜掉了。这次胜利，轰动了整个南满，鼓舞了人民抗日斗争的士气，打击了日伪军的猖狂气焰。

这次伏击战之后，我们继续在南满打游击。1935 年 11 月，我们部队改称东北抗日联军，到宽甸县板石河子进行整训。杨靖宇为了加强少年铁血营的战斗力，使少年铁血营发挥主力军的作用，先后把他身边的三个警卫员派到少年铁血营，以加强营的领导。这时派我到少年铁血营一连任连长。在整训中，军部领导多次给少年营讲课，杨靖宇还给少年铁血营编写了营歌。

1936 年初，我们又到了宽甸五区。这里有伪军 1 个连，是一个外号叫“牛犊子”团长的部队，他们和日军一起“围剿”我们，还在村里建立“联防队”不让百姓和我们联系，群众对他们恨之入骨，李敏唤政委命令少年营消灭他们。据侦察，这股伪军的重兵器有 7 挺机枪，还有火炮，他们住四合大院，有防御工事，强攻很难取胜。于是我们决定在敌人出早操时消灭他。我们住在距五区十公里处的一个村子里，为了防止走漏消息，我们一进村便对整个村子实行了消息封锁。这天晚上后半夜，部队向五区悄悄摸去。拂晓前，部队接近了五区村子，趁天没亮，我们从镇西北门进去，向东南走 1 公里，到一个四面有围墙的地方。墙有半人高，是用石头砌的，墙内正好是操场，我们就在墙外 100 米处隐蔽下来。我们连在西北角，二连在东南角，把操场团团围住。拂晓，敌人营房响起了哨声，一部分伪军跑出来，在距我们潜伏地点不远处停了下来，准备操练队列课目。此时，我们中只要有一人稍微一动，就会暴露目标，大家屏住呼吸，紧张地等待着。“砰砰”的枪声传达了进攻的命令，少年营战士手中的轻重武器一齐开火，射向敌人。没有丝毫准备的敌人一列一列地倒下去，剩下的慌忙往回跑，钻进炮台，凭借工事和机枪火力疯狂地反抗，一串串子弹在我连战士的脚下跳来跳去，有十几名战士中弹牺牲，我指挥大家向里冲击时，小肚子中了一弹，当即昏迷过去。大约中午时分，我被激烈的枪声和手榴弹爆炸声震醒。敌人还在顽固反抗，敌炮台底下是铁门，手榴弹不起作用，仗打得十分艰难，激战大半天，据点还是没有拿下来。这时，杨靖宇军长来了，他把地形仔细看了一下，命令说：“把老乡马车借来，装上柴草，点着后推上去，把炮台烧掉。”我们从老乡那里弄来10挂大马车，装上了柴草，点着火推到敌人炮台底下，把敌人炮台点着了，敌人被烧得受不了，马上投降了。随后我们迅速打扫战场，敌人援兵来到时，我们已安全撤离。

5月份，部队开始准备西征。西征部队是由第一师师部、第三团和少年营组成。我们从本溪铺石河出发，到草河口时攻打了火车站。进草河口后，师部有个侦察员叛变，把我们领进一个死胡同，而敌人的机枪同时封住了胡同口，我们无法往后撤退。我命令战士在胡同里把一个住户家的后墙板打开，从这里冲了出去，拿下山坡上的一个炮台，方使大部队转危为安。

在这以后，敌人对我们后追前堵，四面夹击，我们只好在大山里转悠，几乎是天天打仗。少年营在西征中是打头阵的，我们一连又是营里的尖刀连。在战斗中，连队这些年轻的战士个个都是好样的，不怕死，前边的战友牺牲了，后边的同志就跟着冲了上去，坚强不屈。记得我们连有一位小战士，在羊胖子沟突围时，为了保护大部队顺利通过，我们在山上和敌人打了大半天，这位小战士的右胳膊受伤，当时战斗很紧张，别人没顾得给他包扎，他自己用布带子缠上，继续参加战斗。在战斗快要结束时，他的腿又受伤了，鲜血直流，但他还继续坚持战斗，后来我们要撤下去时，他已经不行了。我叫人抬着他走，他说："连长你给我一枪吧，不能拖累你们，你们不打死我，叫日本人抓住，还不如死了的好。"他用手抓住身边的树，就是不让我们抬他一起撤。这时敌人又冲上来了，他拿起手榴弹拉着了火就向敌人的方向滚去，壮烈牺牲。在西征的路上，我们连牺牲很多这样的好同志，有的被敌人抓了去，但坚决不向敌人投降，不是被敌人枪杀了，就是自己和敌人拼命而死。

由于敌人的欺骗和威逼，再往前走，日伪统治下的各村都组成了"棒子队"站岗放哨，一发现抗联就去向敌人报告，给我们西征部队带来了极大的困难和被动，经常是被敌人追着打。在此形势下，我们只能穿行在深山僻境中，生活十分艰苦，有时就连野菜、树皮也填不饱肚子，实在挺不住时，就冒险打进一个屯子才能吃顿饭，而且要付出几条生命的代价。面临这种险恶局势，师部只好决定停止前进，放弃西征计划，分散撤回本溪根据地。

在往回走的时候，我们连与兄弟连和营长王德才他们失掉了联系，我就带着少年营一连二十七八个人沿着岫岩和海城之间的一道山梁继续往前走。我们利用夜间在半山腰摸着走，每晚走不多远，白天我们怕暴露目标潜伏起来。这里的老百姓对我们不了解，把我们看成是一般的土匪，就将吃的东西都藏了起来，致使我们三五天也吃不上一顿饭。我们从庄河的龙潭沟，又折回海城境内。敌人一直跟着我们，他们知道少年铁血营在，抗联主力就在，所以抓住我们不放。

1936 年 7 月，我们走到离唐望山不远处的南胶排至北胶排的公路旁时，同日伪军打了一仗，缴获 3 支枪和 300 多发子弹。通过审问俘虏，得知晚间过公路的口令和守敌的番号，想半夜混过公路。不料我们刚过去就被敌人发觉了，他们很快追了上来，我们的右侧也发现了敌人。我们只得奔到一个山砬子，与敌人交火，从这天早晨一直打到第二天凌晨 3 点钟，越打敌人越多，我们弹尽粮绝，大部分人牺牲了，最后只剩下我和小曹等三人，我们三个手拉手一起跳下砬子。在这以后，我和另外两个战士参加到另一支抗日队伍，继续同小鬼子干。后来听说，少年营在返回本溪时只剩十几个人，改名为少年铁血队了。

抗联第一军反“讨伐”斗争*

王传圣

1936年7月初，杨靖宇和魏拯民在南满金川县河里地区的抗联第一军密营（秘密的后方军事基地），主持召开了东、南满特委及抗联第一、第二军主要领导干部联席会议。会后不久，就得到情报说，金川县境内大荒沟日本守备队要进山“讨伐”抗联，杨靖宇决定打一个胜仗，作为第一、二军会师的见面礼。我这时候是杨靖宇司令员的警卫员，得知此时抗联第一军的大部分部队都在外边活动，现调来不及，现有军机关枪连、迫击炮连加上第二军来的一个机枪班，共200多人，5挺机关枪，首长们预计靠这些力量可以吃掉这股敌人。

7月7日晚，部队轻装从小会家沟出发。杨靖宇司令亲自带领部队向白家堡子方向前进，天亮前在雷家小坎埋伏起

---

* 本文原标题为《在反“讨伐”斗争中前进的抗联第一军》，收录时做了适当修改。

来。这里北面是一座老岗，一条大道紧贴山根由西向东延伸。道南是一片荒草甸子，再往南是大荒沟河，河南又是山。我们冲锋队员就埋伏在道边的荒草棵里。北山上架了几挺机关枪，指挥部设在北面山头上。但指挥部的位置观察不到大道上的全面情况，只好叫赵振华同志带几个人到前面一个小山头上打指挥枪。上午9点多钟，雾散天晴，太阳出来了，敌人也来了，前面十几个日军，后面是伪治安军。等小鬼子进到机关枪连埋伏的地区时，赵振华同志打了指挥枪，十几个日军被我们围歼。后面的伪治安军进到卡子里的有十几个，此处正是第二军机枪班埋伏的地方，伪军听到前面枪响，就喊："日本兵在前头，我们是治安军，别打我们。"战士们把已经进来的治安军缴了械，其余没进来的，就对他们喊："我们不打你们，你们跑吧！"这次战斗只用20分钟就结束了。

1935年8月，杨司令决定集中兵力打柳河，消灭邵本良及其伪军第七团。提起邵本良，南满人民没有不咬牙切齿的。他原来是胡子头，干了二十多年土匪，还做过东北军的团长。九一八事变后成了伪军的团长，后来日本鬼子让他做了东边道的少将"剿匪"司令。部队都调动好了，正要开始向柳河进攻，邵本良发觉了，赶快从三源浦往柳河增兵。杨司令改变计划，暂不攻城，将部队西撤。两天后，敌人从县城跟踪过来，敌我双方在一道山岗上打了一仗，敌不支而退回。我军来到柳河县黑石头地方，邵本良伪军又跟踪而来。杨靖宇下令在黑石头沟里设下埋伏，把敌人放进我军埋伏圈，打他个措手不及。邵本良只顾跟踪追赶，带领的200多人在黑石头沟被歼灭了。这一仗，使邵本良大伤脑筋，日本鬼子刚发给他的一门小钢炮、几挺机关枪都装备了我们。

更使邵本良难受的，是9月的一天，杨司令得到情报，邵本良伪军第七团要从柳河县孤山子移防八道江，军需给养由一个连护送，我军在他们必经之路设伏截车，结果几十辆大车全部被截下，押车的一个连伪军也被歼灭，连邵本良的小老婆也当了俘虏。

1936年2月，我们去袭击驻热水河子邵本良团部。教导一团组织了一个由25人组成的手枪队，军部和机枪班配合行动。我们于半夜1点多钟，首先摸进中心炮楼，控制了全街。接着过路南，闯进伪军团部，缴获了几支枪和许多大米、白面。因为邵本良去通化开会，才捡了一条命。

后来，邵本良在日军的配合下，要对我军进行“讨伐”。得到这个情报后，杨司令带领部队开始准备反击敌人的“讨伐”。4月初，我军在龙岗山西麓二道崴子，歼灭了伪奉天骑兵教导团一部后，邵本良的主力全部跟了上来。军党委决定，我们的任务是“走”和“拖”。日本关东军南满少将司令三毛，见我军只走不打，便调集了1个旅和2个团，向我在老秃顶子地区的第一师进行包围，目的是想叫我们去救援，在那里和我们决战。杨司令率部转头北上，不顾连日的倾盆大雨，向老秃顶子疾进。敌人发现我军“上了圈套”，从背后猛追，还派飞机“送行”。岂不知，我们只是绕老秃顶子悄悄地转了一个圈，在这次佯动中第一师也从老秃顶子跳了出来。

军部和第一师队伍在宽甸县境内的佛爷沟门会合后，首长们整天开会，部队又开始准备干粮。休息了几天，又开始行动。今晚向南走50里，明晚又向北走60里。那些天，连我们也走迷糊了，怎么搞的，真的叫敌人包围了吗？忽南忽北，忽东忽西，是不是走不出去了？

4月中旬，我们又向西行进，有时一天行程百余里。住下没等吃饱饭，邵本良就从背后赶到，又开始走。一路上，不断地丢些衣物、饭菜。事后知道，这一切，都是故意制造的假象，敌人竟信以为真了。邵本良争功心切，带着他的部队穷追不舍。

4月末，我军来到了本溪以东赛马集山区。拂晓时，杨司令集合部队讲话：“同志们，咱们走了近20天，不走了。大家说，不走该干什么？”

“打！”同志们几乎是同声喊着。

“对，打！”杨司令微笑着说，“老早给大家说过，咱们有四不打。第一，地形不利不打；第二，不击中敌人要害、不能缴获武器不打；第三，要我们付出很大的代价不打；第四，对当地人民损害大不打。现在的情况，是高山隘路，居民不多，敌人疲惫，打的时机成熟了！”“歼灭邵本良”“痛歼老走狗”的口号声，在队伍里呼喊。部队看地形、修工事、擦枪磨刀，在梨树甸子沟里布成了口袋阵，万事准备齐全，只待敌人到来。

第二天上午，邵本良和一名日本顾问率领着一个先头营，疲惫不堪地赶来了，一进伏击圈，我们的机枪、手榴弹就“欢迎”开了。第一师三团马上“扎上口袋口”，断敌退路。邵本良伪军只得拼命往沟里冲，又迎头被机枪打了回来。教导一团及第一师少年营拦腰将敌人斩成几段，我们集中火力打，敌人死伤惨重。最后，我们端着刺刀杀下去，“缴枪不杀，优待俘虏”的喊声震撼山谷。这次战斗打了近四个小时，歼灭了邵本良的一个营，还缴获了敌人的一部电台，邵本良只带了20多个人逃跑了。

1937年，部队来到宽甸县小佛爷沟，这里离日伪军驻扎的四平街、双山子都很近，杨司令决定消灭这里的敌人。在军事干部会议上，有人主张这两处敌人一齐打，有人主张分开打。杨靖宇司令决定采取围点打援，诱敌袭击的办法，把敌人调出来打。计划派一个排，带一挺机关枪，死死围住四平街不放，佯攻猛打，逼迫敌人求援。再把通往本溪、桓仁等处电话线全切断，只留双山子电话线，双山子敌人接到四平街被包围袭击的电话，准得去增援，我们正好在中途伏击。10月31日凌晨2点，部队出发，来到四平街和双山子中间的佛爷沟口。这个沟口有一座小木桥，桥下埋伏着一个排，其余部队顺公路南布成一条线。指挥部设在南山顶上。不久，四平街方向传来了枪声，越打越激烈，围点部队打响了。过了挺长时间，双山子方向传来了汽车的发动机声，隐隐约约看到了汽车的灯光在黑夜里游动。“敌人出动了!”大家高兴极了，全神贯注地盯着敌人的汽车灯光。敌人一共3 辆汽车，头辆汽车刚上桥，杨司令一声大吼：“打!”机关枪、步枪一齐向敌人的汽车猛烈射击，头辆车被密集的火力打瘫痪在桥上，跟在后面的汽车也只好停在公路上挨打。顿时，喊杀声如雷如潮，我军战士像猛虎下山一般，端着雪亮的刺刀冲向敌人，同日寇展开一场肉搏战。敌人被这突然袭击打得蒙头转向东奔西窜，头辆车上坐着日军守备队大队长水出，他从汽车里钻出来，不要命地往桥下跳，正好被我军一个排包围住，被刺刀刺死了。水出死后，敌人失去了指挥，乱了阵脚，慌作一团，我军从几个方面将敌人包围，将其歼灭。

伏击水出守备队的战斗一打响，围攻四平街的部队立即撤出来。驻四平街的日军陆岛小队又出来增援。结果，陆岛小队又让我们给解决了，陆岛小队长被击毙。这一仗速战速决，共击毙日军 20 多人。我们打扫完战场，运走了汽车上的弹药和其他物品，烧掉了汽车，迎着东方的曙光，撤离了战场。

东北抗联第一军的共青团工作*

赵振华

1934 年，我不满 15 周岁，就参加了东北人民革命军第一军。在军教导团当过战士、传令兵、共青团干事、机枪连第一任指导员和军部青年科长等职务。

记得我参加抗联不久，第一军共青团的领导找我谈话，并交给我一项侦察任务，问我敢不敢去。我当时毫不犹豫地说："敢去。"我一个人进了城，摸清了敌人的兵力部署情况，回来向领导做了汇报。部队根据我的侦察情况，组织了一次战斗，全歼敌人一个骑兵连，活捉了敌骑兵连长，缴获 60 多匹战马。这就是载入第一军史册的"红土崖伏击战"。战斗结束后，团组织根据我完成任务和战斗中的表现，吸收我加入了共产主义青年团。

当年，东北抗日联军第一军的共青团工作是很活跃的，

---

* 本文原标题为《回忆东北抗日联军第一军的共青团工作》，收录时做了适当修改。

主要是对团员青年进行形势任务教育、爱国主义教育、革命英雄主义教育和抗日救国教育等。教育团员青年要在战斗中起模范带头作用，起党的助手作用。共青团曾提出口号："攻时在前，退时在后""重伤不哭，轻伤不下火线""遵守群众纪律，做好群众工作"等等。教育团员青年吃苦在前，享受在后，在条件恶劣的情况下，坚定信念，坚持抗战到底。抗联的战斗生活是非常艰苦的，不但要经常同数倍于我们的敌人进行殊死搏斗，而且，还要经受高寒山区严冬的考验。特别是1936年后，敌人实行冬、春"大讨伐"，归屯并户的"集团部落"，制造无人区，抗联的根据地不断受到敌人的破坏，指战员风餐露宿，缺吃少穿，还要对付数倍乃至数十倍于己的敌人，斗争更加残酷。在这个时期，我们青年团的政治教育对加强青年军人的思想斗志，坚定必胜信心，就显得十分重要，也起到了重要的作用。

同时，我们还要做群众工作，宣传抗日救国的道理，发动群众，组织群众支援抗战。部队每到一处，就动员团员带动青年主动帮助老乡担水、扫院子、砍柴等助民爱民活动，扩大我军的影响。宣传鼓动，开会演讲，贴标语、撒传单，编演小节目，教唱抗日歌曲，采用多种形式做群众工作。并且还协助党组织帮助群众组织抗日救国会、农民自卫队、反日会、妇女会等。

当时有这样一个故事使我记忆很深。有一次，我们一个战士侦察回来被敌人发现了，在万分紧急的情况下，他跑进一户老百姓家躲藏起来。这家母女两人，姑娘才十七八岁。听到外边敌人的追喊声，母女两人马上意识到眼前发生的一切。情况紧急，来不及多说，母女俩马上给这位战士换了一套衣裳，然后若无其事地坐下来。敌人挨家挨户地搜查，后来，这母女俩的门被踢开了，凶恶的敌人闯了进来，打量着这位战士问母女俩：“他是谁?”没等老人家张口，姑娘立即开口说：“他是我丈夫。”说完就把这个战士拉到她身边去。敌人看看屋里的铺盖，南炕摆着两个人的行李卷，北炕是一个人的行李。原来这家正好三口人，老两口儿和一个姑娘，赶巧此时姑娘的爸爸出去干活了。这样一说，敌人没有发现什么破绽，盘问一阵就走了。一时间，母女两人冒险认亲，搭救抗联战士的故事在当地传为佳话。

我们还组织团员青年进行学习。由于抗联生活比较艰苦，我们学习文化时没有纸和笔，就拿木棍当笔，大地当纸，一有时间就练一练。有的时候，在行军时战士的背包上挂上一个小纸牌，写上几个字，后边的同志随时都可以见到。此外，团组织还经常组织青年团员开展各种文艺活动，如学唱抗日歌曲。开始是别人教我，后来我就教大家唱。团的一些骨干分子都有一定的演讲能力，每到一地，我们就召开青年群众大会，登台演讲，宣传抗日救国的道理。第一军是个大学校，条件虽然艰苦，但是培养造就了许多优秀的青年干部。

抗联第一军在开展青年团工作中，比较注意抓团的思想建设和组织建设。那时候发展团员条件要求很严，和入党条件基本相似。所以，后来团员转党员时很简单，直接就转了。共青团的组织，经常不定期过组织生活。战斗打响之前，我们团组织要做战前动员；战斗结束，我们团组织要做总结，表扬作战勇敢的团员和青年，发展团组织，指出努力方向。当时团员要求自己也是非常严格的，责任感很强，都觉得自己不是一般的青年战士，而是一名抗联的共青团员，各项工作都应做在群众前列。在抗联第一军党团组织的培养教育下，该军的团员青年成长进步很快，突出表现在对敌斗争中的英勇无畏和机智顽强，涌现了很多感人的英雄事迹。

第一军有个少年连，都是由十五六岁的小战士组成的，连长、指导员年龄稍大一些，但也不过 20 来岁。这个连队的连长指导员及班、排长骨干分子都是共青团员。别看他们年龄小，作用却很大。记得他们常去袭击柳河守桥保安队，最后迫使敌人哗变，就干得非常漂亮。

柳河守桥保安队有 40 多人，军部决定把它拿掉，任务交给了少年连。小战士们隔几天就去保安队打一阵枪，摆出要进攻的架势，等敌人向鬼子报告，增援部队赶到时，他们便无影无踪了。敌人一不注意，我们的小战士又突然出现在敌人面前，等鬼子一到，又扑了一个空，气得鬼子哇哇直叫。时间一长，鬼子就怀疑保安队通抗联，老去领子弹，却没有战果，是不是把子弹给了抗日联军了，扬言要缴他们的械。看到鬼子对保安队已经不信任了，利用敌人的矛盾，我们的地方工作人员就做他们的工作，给他们指明出路。最后，这个保安队全部都拉了出来，投奔了抗联第一军，改编为军教导团的第三连。

还有个“小山东”威震敌胆的故事。说的是我们抗联有个山东籍小战士，大家都叫他“小山东”。他是共青团员，当年才十七八岁，为人耿直、憨厚，胆识超群，会武术，据说他一个人在山里打死一只黑瞎子（熊）。他参加抗联的时候，部队发枪他不要，而是要了一个排长身上背的大刀。在几次伏击战中他表现得非常出色。一把大刀挥动着，左杀右砍，杀死了很多敌人，一下子“小山东”出了名。一提起他，敌人都非常害怕。

还有个“打一面”的青年战士，也是青年团员，名字叫什么记不清了，但是他机智勇敢，在战斗中自己独当一面，从而得名“打一面”。1935 年，部队在一次对敌人作战中，战斗打得很激烈，我们的阵地两面受敌，左翼敌人刚被打退，右翼的敌人又上来了，情况十分危急，右边需要增援。这个战士说：“你们都去增援，这一面我顶着，保证完成任务！”来不及多商量，只好按他的意见办。同志们都去打增援，他一个人坚守在左翼阵地上，他的枪法很准，打退了敌人一次又一次的进攻，保住了阵地，使部队赢得了宝贵的时间。这个团员战士立了功，大家都亲切地称他为“打一面”。

抗联第一军团员青年战士的英雄事迹，举不胜举。他们在对敌斗争中起了积极的作用，他们的业绩永远铭记在人民心中。

在抗联第二军的战斗岁月*

蒋泽民

1935年，我加入了东北人民革命军第二军四团，没过多长时间，大约在1935年5月中旬，我们四团2个连队七八十人，在团政委王润成的带领下，从汪清出发开赴珲春六道沟，目的是打几个敌人的据点，收点粮食进山，顺便侦察一下淘金场的情况，争取弄点金子，给团里筹备点钱。

一天下午，我们来到淘金场。这个淘金场是日本人开的，此时已关闭，离淘金场十多公里有一个关木嘴子村。傍晚，我们进了村，为了防止有日本特务，我们把进出村口的路都封死了，并对全村进行搜查。在一个朝鲜族老乡家查出一个形迹可疑的人，一看就不是普通老百姓，经过搜查审问发现了日本特务证书，知道他是日本高级特务，叫金秉全，曾在苏联远东地区和吉东等地活动。从金秉全那里得到一个

* 本文原标题为《我在抗联第二军的一段战斗经历》，收录时做了适当修改。

消息，日本洋行有十多辆大车明天上午要从这里路过。这个消息对我们来说太有价值了，我们准备在这里截车。第二天一大早，我们按时到达指定位置，派一部分人把公路两边的山头占了，还有一部分人在山脚下准备战斗。大约过了三个小时，就远远望见大车队从公路上开过来。待敌人到达伏击地段，山顶上的同志一齐开火，押车的伪军急忙向路边的沟里跑，我们埋伏在山脚下的同志蜂拥而上，俘虏了十多名伪军，缴获了面粉、酒、布匹、黄花鱼、糖等物品。没想到后续之敌很快又跟了上来，上午10点钟左右，开来两辆大汽车，上面全是日本兵。我和另外两名战士按照王润成政委的布置，埋伏在通往淘金场去的沟口山坡上。日本鬼子乘车刚到坡下面，我们三个人趁他们没有防备，一排子弹打倒六七个敌人；日本鬼子下车向我们开枪，因山坡较陡，打我们很费劲，他们拼命向山上爬，在半山腰又被我们打倒好几个，等敌人爬到山顶时，我们已跑得没影了。沟里的人一听到枪响，判断是日本鬼子来了，赶紧把战利品藏到山洞、树窟窿、杂草里。

这时，敌人占领了公路两边的山顶，封锁了去淘金场的道路。在中午12点多钟，又来了一支日军增援部队，开着十多辆汽车，有好几百人。敌人到这里就开始搜山，他们凭着人多枪好，满山遍野追我们。突然，从我们右侧上来一股敌人，紧紧追在我们后面，为了甩掉敌人，防止敌人跟着脚印撵，王润成政委让我们踩着倒下的大树走。我们转了几个圈藏进了草丛中，敌人没有发现我们，却追到另一座山上去了。我们几个人又向回折，转到北面的一座山顶，看到一个小路上有几个敌人像无头苍蝇到处乱撞，我们几个人一同开枪，打倒好几个敌人。山上的敌人一听枪响，都向这里跑过来，我们又顺着沟上了另一座山。敌人在这里一天，一个人没抓住我们，却丢下了十多具尸体。天快黑的时候，我们来到山的北面，找到了一间筛金子的破房子住下来。那时候，日本鬼子也没走，住在山背面，离我们只有几百米远，可是互相都不知道。第二天一早，我刚睡醒，就发现屋外有一个人提着驳壳枪转悠，我以为是日本特务，就悄悄地转到他身后大喊一声："站住！把枪放下！"那家伙一听我喊撒腿就跑。我跟后面就追，想抓活的，没想到我一下子闯进日本鬼子堆里了。敌人发现了我，山上山下的鬼子都向我打枪，像爆豆似的。我急中生智，边打边跑，越过一道土坎，穿过一条荆棘带，跳入一条沟内，沿着沟跑。敌人疯狂地向我扑来，子弹打断了树枝，掀掉了我头上的帽子，我左拐右拐钻进了一条布满野葡萄和藤子的山沟。敌人追上来了，但没有进沟，只是一个劲儿向沟里打枪，我快速跑到另一座山上。后来听到有动静，原来是王润成政委带人来接应我的。在王政委的带领下，我们及时甩掉了敌人的追击。

为了加强同友军的联系，扩大新游击区，我们军分南北两路远征，南路由军长王德泰指挥，率第一、第二团向安图、敦化、桦甸等地进军；北路由第四团团长侯国忠指挥，向宁东、宁安、穆棱一带进军，以便同周保中领导的抗联第五军会合。一个月以后，侯国忠团长和第三团金日成政委率领第四团和第三团部分同志约 200 人，从珲春县大甸子出发，到东宁县老黑山一带活动。老黑山位于黑龙江省东宁县境内，在老黑山的北边头道沟有一块营地，四面是两米多高的围墙，外面拉着铁丝网，四周还挖了沟。里边驻着伪军 1 个连，连队的连长排长班长全是日本人，兵都是从沈阳招来的中学生，因为在军装的袖头上有一块红布，所以老百姓叫他们“红袖头”，正式名称叫“靖安军”。

走了两天，我们到了老黑山西沟，听过往的老百姓说，这“红袖头”在老黑山一带耀武扬威，为非作歹。他们每人配备两套家伙，一支长枪，一支短枪，连队还有轻重机枪和迫击炮。侯国忠和金日成决定伏击“红袖头”。一面派人继续侦察，一面带领我们几个人勘察地形，大部队撤到离老黑山西沟 5 公里的树林里。天一黑，我们先派 20 多人进了村子，到老百姓家筹集粮食，早晨 3 点多钟，人背马驮，把筹集到的粮食往回运。走出村子时，让老百姓向“红袖头”报告。日本大胡子连长一听我们在他眼皮底下活动，并弄走粮食，十分生气，带领“红袖头”扛着轻重机枪、迫击炮气势汹汹来追赶我们。我们的人早已在侯国忠的率领下，埋伏于深沟两侧等敌人自投罗网。

我受侯团长之命在沟口负责观察，我们运粮的人进沟不大一会儿，敌人就急匆匆地追了上来，我立即向侯团长做了报告。侯团长用望远镜一看，敌军官骑着马，带着队伍向沟里走。当敌人尖兵班到沟中间，大部敌人已进入沟里，几名神枪手瞄准骑马的敌军官啪啪就是几枪，敌军官当即从马上掉了下来，其他伪军全趴下了。顿时，枪声大作，杀声四起，敌人一时吓呆了，受惊的马驮着迫击炮、重机枪嘶鸣着乱蹦乱窜。枪一响，敌人走在前头的七个尖兵拔腿就跑。我一看他们想溜，迅速冲了上去，把这几个人全俘虏了。侯团长派人堵住了沟的两头，敌人想跑跑不了、冲还冲不上去，我们一阵猛打，敌人死的死、伤的伤，最后一个冲锋把这帮“红袖头”全部消灭了。日本大胡子连长身上被子弹打了好几个洞，同志们以为他死了，搜走了他身上的战刀、望远镜和手枪。后来听说这家伙又活了过来，不过回去之后还是被他的上司给枪毙了。

时过不久，根据上级指示，我们第四团和第三团除留少数同志在汪清游击根据地坚持斗争外，主力部队在侯国忠、方振声等人带领下，挥师去吉东的宁安，7 月到达宁安县城东南 20 多公里的老青沟山东屯。到宁安不久，敌人便从绥宁、宁安县城和东京城等地调来 800 多人，向山东屯扑来，妄图乘我第三团、第四团立足未稳，与第五军尚未取得联系之际，吃掉我们。一天下午，敌人向我们发起进攻。我们沉着应战，顽强阻击，不断杀伤敌人。经半天激战，敌人遭到重创后撤退。不久，我们与周保中率领的东北抗日联合军第五军一部会合。从此，抗联第二军东线部队与第五军一起，以宁安为中心开展游击战。1935 年 8 月间，第二军和第五军的领导召开了会议，研究对敌作战方案。会后由刘汉兴、侯国忠同志指挥第三团五连、第四团三连、五连与第五军部队共同活动于宁安县境内；王润成政委带领第四团的第一、第六、第七连重返东满汪清、珲春，与留在那里的部队坚持对敌斗争。

1935 年 9 月，日伪当局从长春、热河等地调来大批部队到东满地区进行大规模的“讨伐”。为配合这一行动，敌人实行严密的经济封锁，强令农民收割尚未完全成熟的粮食作物，并统一归仓，防止落入抗联部队手中。还广泛地建立“集团部落”，封锁道路，对群众严加监视，实行白色恐怖，给抗日联军的活动带来了很大的困难。第二军主力部队已转移至外线，原有各个抗日根据地大部分已放弃，第二军东部与西部部队几乎被隔断了。

为了粉碎敌人的“讨伐”，第二军第一团和第二团化整为零，编成若干小股部队在安图、敦化、濛江等广大地区与敌斗争，并取得了一些胜利。我随王润成政委带领的第一、第六、第七连队返回汪清、珲春，与原来留在那里的部队会合，坚持游击战。

汪清县有个罗子沟镇，在镇东面有一条南北走向几十里的山沟，四周是森林，村西有几个村子，很利于我们抗联活动。沟的北面有个镇子，驻扎着 1 个营的伪军，营长姓孟，周围的老百姓都叫他“孟营”，日本人对他不太信任，一举一动都要受到日本指导官的控制。他们对日本鬼子的举动十分不满，我们就利用他们之间的矛盾，拉拢伪军打日本鬼子。1935年秋天，日本鬼子带着“孟营”向我们进攻。我们得到这一消息后，立即占领有利地形，迫击炮和轻重机枪架在山上，团里有几名原是东北军训练过的炮手，打得很准。当日本鬼子进入伏击地域时，“轰轰”就是两炮，炮弹在敌人队伍中间开了花，炸死炸伤多名日军，其中一名日军少佐被炸成重伤。一听炮响，我们立即向日本鬼子射击，轻重机枪、长短枪都响了起来，敌人一时弄不清情况，加上地形对他们很不利，留下十多具尸体，赶忙后撤。日本鬼子撤至离我们二三公里的地方占领了几个小高地，和我们相持着。晚上，我们利用夜幕撤出战场。有一天，有两名日本特务要回汪清，怕被我们抓到，让伪军出一个连护送。伪军派人给我们送信，让我们帮助打一下，好趁机把两个特务干掉。王润成政委决定派我带两个人去。那天道路泥泞，我们在伪军后面跟着，相距不过一二公里路，晚上伪军宿营时，我们乘其不备，连打几枪，然后撤到附近树林子里。枪一响，那一连人全起来了，自己“乒乒乓乓”打得很热闹，后来听说打死一个特务。

进入冬天以后，由于敌人实行严密的“集团部落”政策和保甲制度，加上封锁交通要道，游击区的斗争异常艰苦。日伪军强迫分散生活在抗日武装活动地区的农民群众离开原住地，迁往日伪指定的地点，组成大村营，并在村落周围筑高墙，修碉堡，拦铁丝网，严密监视群众言行，妄想断绝抗日联军同人民群众的联系，使我们逐步失去立足之地，逼我们到深山密林中居住。敌人强迫农民收没有成熟的庄稼，造成粮食减产，加上敌人将粮食集中仓储，我们筹集粮食很困难，经常忍饥挨饿。冬天气温很低，有时达到零下30多摄氏度，我们驻在深山密林中，房子是用木头临时搭成的，四面通风，冻得直打战，许多同志手脚都冻坏了，有的同志脚趾冻掉了，露出了骨头，正像抗联战士描述的那样："天大的房子，地大的炕。火是生命，森林是家乡，野菜野兽是食粮。"这是抗联生活的真实写照。虽然生活条件十分艰苦，可我们同敌人斗争的热情却很高。

1936年2月，根据上级组织派遣，我去苏联学习，告别了朝夕相处的战友，离开了令人难忘的深山密林。从苏联学习完之后，我被组织分配到革命圣地延安，曾在毛主席和周恩来副主席等中央首长身边做过警卫工作。日本侵略者投降后，我又回到东北这片热土，为东北解放战争继续战斗。

英雄的东北抗联第三军

朱新阳

我于 1924 年加入共青团，后转为共产党员。九一八事变后，我由满洲省委派往珠河中心县委做宣传工作，1933 年在珠河中心县委做宣传和兵运工作。同年 6 月，珠河中心县委派遣县委委员李启东与另三位朝鲜族同志打入抗日武装“朝阳队”进行秘密工作。7 月，经满洲省委同意，珠河中心县委派我到“朝阳队”与时任该部参谋长的赵尚志同志接上组织关系。8 月，我受组织派遣再次到“朝阳队”见到赵尚志、李启东等同志，传达中共珠河中心县委第五次扩大会议精神。会议对孙朝阳义勇军中的工作明确指出：“尽快使该队正式军队化，建立参谋部、军事教育部、宣传部等，改建该队的成分，扩大工农数量，组织特务队，专门打击日本侵略者的走狗，改善该队与劳动群众的关系。”

1933 年秋，日伪统治者为了扑灭哈东地区的抗日烈火，加紧对珠河反日军民的镇压，孙朝阳部队遭受重大损失。这时，孙朝阳听信敌特传言，欲杀害赵尚志、李启东等人。在这种情况下，赵尚志、李启东带领王德全、李根植等七人携带七支长枪、四支手枪和一挺轻机枪，连夜离开了孙朝阳部队，奔赴珠河中心县委。此后，以这几个人几条枪为基础开始创建东北抗日联军第三军。

赵尚志等七人到珠河道南六道河子与珠河中心县委取得了联系，县委派我和另五名同志参加这支队伍。这时，满洲省委得到消息后，认为可以在这支队伍的基础上在哈东建立由党直接领导的抗日游击队。于是，派省委军委负责人张寿篯（李兆麟的化名）前往珠河巡视工作，并与中心县委和赵尚志等研究建立游击队的计划，确定队伍名称为“珠河东北反日游击队”。1933 年 10 月 10 日，在珠河铁道南的三股流召开了“珠河东北抗日游击队”成立大会。中国共产党直接领导的抗日武装在哈东诞生了。

珠河东北抗日游击队在初创时期，由于有明确的政治立场和正确的组织指挥，连续不断地取得了镇压群众深恶痛绝的土匪，处决无恶不作的汉奸，在罗家店西沟与前来“围剿”的日伪军作战，在火烧沟与日伪军激战并毙敌大队长以下 20 余名等一系列的胜利。

我当时在游击队里任党支部宣传部部长，按照党的指示和队长赵尚志的直接布置，每到一地都进行政治宣传。军事上的胜利和政治影响的扩大使游击队仅在两三个月的时间里就发展到 70 人，在以三股流为中心的方圆几十里的地方开辟了抗日游击区。

1934 年 5 月，中共满洲省委派刚从南满巡视回来的孟克（韩光的化名）同志到珠河，把杨靖宇部队中进行抗日统一战线等经验传给了我们。6 月下旬在省委巡视员张寿篯和孟克同志的指导下，珠河中心县委召开了党团扩大会议，赵尚志和另两名地方工作人员参加了这次会议，讨论通过了以珠河游击队为核心，吸收反日义勇军和山林队，改编成一支统一指挥的反日部队——哈东支队。

6 月 29 日，在乌吉密南沟柳树河子召开了新改编队伍的全体指战员大会，宣布“东北反日游击队哈东支队”正式成立，赵尚志任支队司令员，张寿篯任支队政治委员兼政治部主任。支队下设总队、大队和中队，采用“三三制”。根据改编原则，珠河反日游击队在保持原单独的政治组织系统的前提下，将游击队分别编在三个总队内形成核心力量，起骨干作用。整个支队有 450 人，党直接领导的基干队 180 人，其中党团员 30 人。

哈东支队的成立是珠河地区反日武装斗争的新发展，它是一支由党统一领导、统一指挥的反日武装，从组织系统和质量、数量上为抗联第三军的建成奠定了坚实的基础。

哈东支队建立后，在哈尔滨近郊的满家店、蜚克图及荒山嘴子等地袭击敌人，捕捉汉奸，给驻哈日伪军以很大威胁，扩大了抗日救国的影响。此间，还派队在珠河道南二道河子、八家子一带袭击日伪军。7 月 5 日，乘雨夜攻击五常县城，占领三个小时，使远近敌人异常恐慌。哈东支队在中东路、滨绥线南北两侧频频袭击敌人军车、铁路线，使敌交通运输受到严重破坏。

8 月中旬，赵尚志率哈东支队联合义勇军，采用以实攻虚的战术，一举攻下了深沟高垒的五常堡。在取得五常堡战斗的胜利以后，哈东支队又连续攻打了双城县的八家子、康家炉、梨树沟、方城岗等敌据点。为了巩固和纯洁哈东支队，在 9 月间再次进行整编。整编后，赵尚志仍担任支队司令员。经过整编后，队伍内成分更加纯洁，又加强了各队的领导力量，军纪也得到整顿，全支队呈现出一派新气象。

1934 年秋，哈东支队游击区遍及五常、宾县、珠河、双城、阿城、苇河、延寿、方正等县，东西 200 多里、南北 350 里的范围。在游击区内建有抗日根据地，主要根据地为珠河四、五区，延寿二区及三区一部分，宾县二、三、七、八区，五常五区及四区一部分，双城九区一部分。

开辟游击区，建立根据地，成功的一条经验是发动了群众。我这时调回到地方担任共青团珠河县委书记工作。在哈东游击区根据地，在哈东支队的协助和珠河中心县委的领导下，普遍建立了反日救国会，仅珠河县就有反日会员 1 万人。在游击区根据地还广泛建立了农民反日自卫队、青年义勇军和模范队等群众武装。

哈东抗日根据地的开辟和建设，使党领导的抗日部队有了保存自己、发展自己，消灭和驱逐敌人的战略后方，群众也有了安身立命之地。群众赞誉这是自己的“红地盘”，日伪当局视其为“共匪的哈东乐园”。“红地盘”是抗联第三军早期发展的重要条件，也是第三军早期的重大贡献。

根据满洲省委指示，东北人民革命军实行统一编制。1935年1月28日在上海一·二八抗战三周年的纪念日，哈东支队改编成东北人民革命军第三军，暂设1个师，第一师师长赵尚志兼任，师下设3个团，全军有500余人。

在党的领导下，第三军治军有方，常打胜仗，又有根据地群众的大力支持，部队发展很迅速。到1935年底，全军由3个团发展到6个团，指战员达800人。

东北人民革命军第三军建立后，采用一系列机动灵活的游击战术，挫败了敌人的几次“讨伐”。在双城东部数战皆胜。春节期间，赵尚志率队在三个小时内连续缴了三道衡、包家岗和四道河子三地的伪警察署、大排队、伪自卫团的械。接着在除夕夜和正月初二，又缴了宾县二区和财神庙反动大排的械。正月初四又奔赴延寿三区，缴了花拉子反动大排和姜家崴子伪警察所的械，纵横驰骋在宾县、双城、珠河、延寿等各县之间，频频出击，处处得胜，使敌人防不胜防。

在敌人“大讨伐”时，赵尚志率部队巧妙地利用敌人联系不密切的弱点，经常化装成伪军或日军，打击敌人。如在打四道河子伪自卫团时，赵尚志率领化了装的第三军骑兵队，大摇大摆地来到四道河子伪自卫团驻地，将自卫团全部缴了械。赵尚志主张与装备精良的日伪军作战必须运用灵活的游击战术，当打则打，当退则退，审时度势，因地制宜，熟练地掌握“分散”“集中”与“转移”三项用兵法则和声东击西、智取巧攻、乘敌不备、长途奔袭和连续作战等战略战术原则。赵尚志还著文综合归纳出十种游击战术。

1935年3月初，第三军与谢文东的民众救国军和李华堂的自卫军支队经过协商，成立了东北反日联合军总指挥部，形成了以第三军为核心的哈东抗日统一战线组织。

为了进一步扩大统一战线，3月25日，由赵尚志、冯仲云、李华堂、谢文东联名发布了东北人民革命军第三军司令部《东北反日联合军总指挥部布告》，宣布反日联合军成立路南、路北和延方三个指挥部，分负一切指挥事宜，负责领导、推动各区域内广大群众的反日斗争，武装农民，自己保护自己。号召一切反日队伍联合起来，分头一致进攻日满统治区域及中心城镇兵站。以第三军为中心的哈东反日统一战线的不断扩大，使哈东地区反日斗争烈火越烧越旺。

1935年7月，日军对日益发展的哈东抗日武装十分畏惧，遂调动力量向抗日武装进行“大讨伐”。在敌人重兵进击下，第三军各抗日部队受到严重损失，活动几乎陷于绝境。9月10日，中共珠河中心县委决定，除留一部分部队坚持原地抗日斗争，第三军司令部应率主力部队向江北转移，或向东边方向，在下江开创新的根据地。第三军二、三团在极其艰苦的条件下，坚持在珠河、五常一带开展游击战争，

第二团政治部主任赵一曼就是在这里坚持斗争时，负伤被俘后壮烈牺牲的。第一团和第四军一部在大罗勒密南部至牡丹江西岸开辟了新的游击区，并且联合攻下刁翎镇，又联合进攻林口，给日伪重大打击。第三军主力与其他抗日部队配合渡江北上，到达汤旺河谷与汤原游击总队会师，后来开辟了新的汤原游击根据地。

1936 年 1 月下旬，在第三军的积极推动下，东北民众反日联合军军政扩大联席会议在汤原县吉兴沟密林中召开。会议积极响应党中央《八一宣言》的号召，推动东北反日运动发展新高潮。会议于 3 月 28 日通过了《东北反日联合军军政联席扩大会议决议》，决定组织东北民众反日联军临时政府和东北民众反日联合军总司令部，选举赵尚志为总司令，李华堂为副总司令，张寿篯为总政治部主任。这次会议是东北抗日联军组建和东北抗日武装斗争的重要会议，对于集中统一领导北满地区的抗日斗争，在协调各军联合作战，解决联军间因活动区域、捐税征收、给养供给、部队归属等方面的纠纷起了重要作用。

反日联合军军政扩大会议之后，赵尚志、张寿篯、夏云杰研究开辟建立汤原游击根据地，整训部队和建立后方基地等问题。汤旺河流域方圆 500 里的广大地区完全被第三、第六军控制。为了应对敌人制造“集团部落”和无人区，两军在汤旺河谷、帽儿山、巴兰河谷及大小古洞河流域建立了许多秘密的后方军事基地，这些秘密营地简称“密营”。在密营中建有各军的被服厂、军用仓库、粮库、野战医院、军械修理所等。密营的建立使敌人妄图困死、饿死、冻死我们的政策破产，为保存抗日部队的实力起到重要作用，它成为抗日战士休养生息的可靠后方。这里还建立了联军政治军事学校、无线通信学校。汤原游击根据地的开辟，使丧失了珠河根据地的第三军主力又有了生存发展的基地。第三军在战斗中不断发展壮大，根据斗争的需要，赵尚志决定所属部队由团扩编为师。

根据联军会议精神，为了巩固刚刚开创的汤原游击根据地，在松花江北岸广大地区开辟新的游击区，同时配合在松花江南岸活动的第三军各部及第四军、民众军、自卫军支队的斗争，赵尚志决定组织一次远征，以积极主动的进攻，插入敌人统治薄弱地区，更加广泛地开展抗日游击战争。这次向西远征从汤原浩良河西向通河、木兰、巴彦、东兴等地进发，在第三军史上称为第一次西征，从 1936 年 4 月开始。

赵尚志率远征部队，西向巴彦，北向东兴，东向通河，积极开展游击活动，袭击日伪据点，缴取敌伪武装，摧毁敌人建立起来的“集团部落”，开辟了巴彦、木兰、东兴、通河新的游击区，第三军在战斗中得到了新发展。至 7 月返回原根据地，开辟了巴木东及通河新游击区，推动了松花江南北两岸和下游的游击活动，进而在北满大地上出现了新的武装抗日高潮。1936 年 8 月 1 日，东北人民革命军第三军正式改编为东北抗日联军第三军，赵尚志任军长，第三军总兵力达到了 6000 人，其中基干部队 1500 人。

1936 年初到 1937 年末，是东北人民武装抗日斗争发展的高峰。在东北抗日联军发展壮大的过程中，抗联第三军的影响是不可低估的，抗联第六、第八、第九、第十、第十一军的发展壮大都与第三军的大力帮助分不开。这一时期也是第三军发展的高峰。1936 年 9 月 18 日在汤原县汤旺河沟里抗联第三军被服厂召开的中共珠河、汤原中心县委和第三、第六军党委联席会议，研究北满党和军队重大路线问题，1936 年末开始的为反对敌秋冬季“讨伐”的远征嫩黑，1937 年 6、7 月间在汤原县帽儿山第六军被服厂举行的北满临时省委执委扩大会议，七七事变后的“反满大暴动”和一系列军事活动等，都是第三军的重要活动。

抗联第四军*

李延禄

抗日联军第四军，于1935年底正式建成，是由党直接建立和领导的一支工农武装抗日部队，先后经过“东北工农抗日游击大队”“抗日救国游击总队”“东北救国游击军”“东北人民革命军”“东北抗日同盟军第四军”“东北抗日联军第四军”等发展阶段。

1931年10月，吉林省延吉县中心县委派我到由原东北军第十三混成旅老三营营长王德林为总司令的东北抗日救国军中任参谋长，团结这个有爱国主义思想有民族气节的抗日部队领导人，协助他领导这支人数较多的抗日武装力量进行抗日。吉东局书记童长荣同志要我在抗日救国军中秘密建立起一支以工人和贫苦农民为基础的、由党直接领导的工农抗日武装部队。根据这一要求，我在来投奔王德林的原东北军

---

* 本文原标题为《回顾抗联第四军》，收录时做了适当修改。

的零散部队中，选择成分比较好和战斗素质较好的部队，于1932 年 1 月成立了抗日救国军第一补充团（内称东北工农抗日游击大队），由我兼任团长。就这样，由党秘密领导的一支工农抗日武装部队产生了。

1933 年初，抗日救国军、抗日自卫军，在日寇侵略军的进攻下，被迫撤退，纷纷越境时，我便将这个补充团拉出来，并联合了其他抗日队伍，成立了由党公开领导的抗日救国游击总队，坚持战斗在东北北部地区的几个县境内，开展了艰苦卓绝的抗日游击战争。

抗日游击总队经过发展壮大，到 1933 年 4 月左右，又改编为抗日救国游击军，部队已扩充到近 2000 人。这时，经吉东局马家屯军政联席会议决定，除把一支以朝鲜族为主要力量的工农义勇队编为游击军外，还收编了原抗日救国军中的一部分骑兵队和其他部队。到 1934 年 9 月，经过不断扩充和改编的抗日救国游击军又正式改为东北人民革命军。不久，又联合收编了几个较好的山林队共同抗日。这时就将“东北人民革命军”改为“东北抗日同盟军第四军”。在各抗日武装联合抗日的基础上，在接到中央 1935 年“八一宣言”后，又将“东北抗日同盟军第四军”改为“东北抗日联军第四军”。至此，这支部队就形成了一个更广泛更强大的工农联合抗日武装力量了。

在抗联第四军不断发展壮大抗日民族统一战线的过程中，也存在着不同思想的斗争。在九一八事变之后，当我们自己还没有武装部队的时候，党组织派人到东北抗日救国军中去团结其将领，联合其统率的大批部队一道抗战，这本是历史发展的需要，是民族利益的需要。有人却说这是“上层勾结”“培植新军阀”，因而把联合抗日的思想斥为“右倾机会主义”。后来，在是否联合其他零散抗日力量和抗日的山林队的问题上，思想也不统一。有人认为“要抗日必须组织自己的部队，由流血中换得的武装才是真正革命的力量，其他队伍都不可靠”，以致影响到对较好的抗日力量不能及时收编联合起来。后来，抗日部队面临的不仅是日本关东军，而是日伪联合“讨伐”抗日军的形势。为了瓦解敌军中的伪军力量，我们确定在战场上开展政治攻势，喊出“中国人不打中国人”的口号。这本是分化敌军，争取抗日力量的统一战线思想，也被斥为“没有阶级性”，以致在一段时间内，影响了部队的战斗力。但是，在革命实践中，由于党的统一战线政策的指引，许多抗日武装力量要求我们去收编或协同作战；有的地主武装、保安队也在战斗中给我们“开方便之门”去绞杀日寇。这都是党的抗日民族统一战线思想的感召和胜利。

东北工农抗日游击大队的建立，以及后来不断发展壮大的过程中，都掌握一条基本原则，那就是必须以工农为主体，以共产党为领导的无产阶级的武装部队。所以，在成立东北工农抗日游击大队时，不是把投奔王德林的原东北军部的原班人马收过来做单纯数量上的补充，而是从中选了较好的人和部队；又另选一部分铁路工人游击队和以贫苦农民为主的几个部队，作为阶级基础和政治素质的补充，分别编成4个连，组成了补充团的骨干力量，为这个团的基本阶级基础。吸收工农成分的优秀分子入党，这是这支队伍不断提高阶级觉悟，增强战斗力的根本保证。因此，东北工农游击大队建立后，逐步地从团到连队都配备了共产党员为主要领导，保证了党的绝对领导权。

这支部队在以后不断收编其他抗日队伍的过程中，仍然坚持原来建设补充团时的基本原则，对不同类型的抗日武装，采取不同办法收编联合，不断壮大抗日力量。这样，既保证了抗联第四军的政治素质和战斗力，也受到抗日部队的拥护。

经过上述办法编入抗联第四军的队伍，经过党的工作和不断的改造，其中有些领导骨干和下级官兵，经过战争的考验，已经成为中国共产党党员，成为第四军的领导骨干。所有这些，都证明了我们在发展壮大党的革命武装部队时，执行的路线、政策是符合当时客观形势和历史发展的需要，是符合党中央的革命路线的。因此抗联第四军由小到大，由最初几百人的东北工农抗日游击大队，逐渐发展到近4000人的抗日联军，给日本帝国主义者以沉重打击。

第四军初建时期，到处和敌人打游击战争，没有考虑顾及其他。随着形势发展的需要，从实践中我们认识到，部队只是打来打去不行，还必须紧紧依靠群众，团结群众，和广大人民群众结合成一体，在群众中扎下根，部队才能生存，才能灵通耳目，才能有战斗力，才能有后方。尽管处于抗击敌寇的前线，要搞后方根据地是有困难的，但在日寇入侵初期，敌伪政权未及普遍建立或尚不巩固的情况下，这样做还是对头的。据此，第四军除了搞武装斗争，又搞了游击区战时根据地的建设。队伍驻扎在哪里，就在哪里宣传党的抗日救国政策，组织秘密抗日组织，发动群众参加抗日救国会、儿童团，并发动群众支援抗日联军作战。在党的地方组织存在较久，群众基础较好的地方，就组织抗日政权，更广泛地开展抗日活动，还建立了部队的简易被服厂、枪械修配所等服务设施。为更好地解决部队的一部分给养，减轻群众负担，还在那里搞了生产基地的建设，组织部队种田，补充部队的军粮和穿衣问题。

在搞游击区、根据地时，更注意做好统一战线工作，把可以利用和争取的一切爱国力量调动起来为抗日战争做出贡献。有的根据地的伪军警、自卫团等经过统战工作后，他们为第四军提供军事情报、军火、弹药，有时共同枪口对敌，秘密处死日伪的奸细、特务，保护了根据地的存在和建设。有的伪商会会长、木材公司经理等头面人物，明面上应付敌伪政权，暗中却为第四军筹集军需、给养，采办药品，沟通情报，和抗联部队携手来共同对付日本帝国主义。根据地的广大人民群众，受到爱国主义教育，他们在人力、物力上无私地支援抗联部队。

这些战时根据地的建设，对第四军的存在和所进行的游击战争，都起了很好的积极作用。根据地的人民给抗联提供必要的给养、传递情报、支援战争、协同作战，都表现了英勇果敢、坚贞不屈的伟大的中华民族精神，写下了军民一体共同抗敌的英雄史诗。

在抗联第五军的战斗生活*

李荆璞

九一八事变后，日军虽然占领了吉东地区，但还只是在主要城市和铁路沿线上进行统治，其伪政权还未巩固；正规的有组织的抗日行动虽然没有了，然而群众的抗日斗争，却向着广大的范围发展着。到 1934 年 2 月，散在宁安各地区的抗日队伍有四五千人，城乡许多群众都有抗日的愿望。

1932 年初，中共满洲省委指示东北各地党的组织，一方面在广大农村发动群众、武装群众，建立党直接领导的抗日游击队；另一方面又派干部和党团员到抗日义勇军的各种抗日队伍中进行工作，争取和领导他们进行抗日。在吉东地区，除了在各地党组织领导下发动群众、创建抗日游击队以外，也曾派人到救国军及其他抗日队伍中进行工作。

1932 年 4 月，满洲省委决定，周保中到宁安组织和领导

---

* 本文原标题为《在抗联第五军斗争生活的回忆》，收录时做了适当修改。

吉东地区的抗日斗争。周保中到宁安后，一方面指导地方党组织积极建立反日游击队和抗日救国会；另一方面考虑着如何加入自卫军和救国军，争取领导他们积极进行抗日斗争。

周保中到自卫军宣传部之后，很快扭转了它的宣传方向，把反共和对日妥协的宣传转变为彻底抗日救国、进行民族解放战争的宣传。这引起了自卫军领导人的不满，并于7月份将宣传部解散。8 月，周保中被王德林聘请到救国军总部任总参议，不久又到王德林救国军的前方总指挥部任总参谋长，指挥救国军部队对日寇进行了一系列战斗。7 月份攻克了宁安东京城和安图县城，并破坏了吉（林）会（宁）铁路部分地段，不断打击敌人；9 月初和安图、桦甸的抗日武装联合攻下敦化县城，而后又转入宁安；10 月份两次攻打宁安县城。这些战斗中，由于周保中等共产党人抗日坚决，作战勇敢，指挥有方，并关心士兵，联系群众，很快得到救国军将士和各地抗日群众的拥护，使我党在救国军和群众中的政治影响进一步扩大。同时，周保中还在前方总指挥部建立了党支部，在士兵中发展了一些党、团员，通过他们广泛地进行抗日救国宣传工作。

后来，虽然救国军主力溃散瓦解了，但由于我党派人工作的结果，在救国军广大官兵中和绥宁地区的人民群众中，提高了我党的政治影响和威信，使很多队伍走上了真正抗日救国的道路。

王德林撤到苏联以后，救国军各部便各为一个系统，按自己的意愿行事。特别是其中很多队伍都听从周保中的调遣指挥，他们逐渐地认识到只有共产党才能领导抗日斗争。1933 年 6 月，安图县城失守后，救国军的另一头领吴义成率千余人去东宁，不久，只剩百余人蹲在老黑山沟里。吴义成去东宁时，周保中在安图以救国军总参谋长名义组织了救国军辽吉边区留守处。其领导范围扩大到吉敦线至吉海线的各抗日部队，共千余人，其中基干队为边区第一、三连的二三百人，曾在汉阳沟、寒葱沟、榆树川等地多次袭击日伪军，给敌人很大打击。

1933 年冬，中共满洲省委吉东局指示周保中正式退出救国军，到宁安着手建立党所领导的绥宁反日同盟军。此后，周保中率领边区第一、三连于 1934 年 2 月，到宁安与宁安县委领导的宁安工农义务队在平日坡会合，开始绥宁反日同盟军的组建工作。

宁安工农义务队是由我率领的“平南洋总队”改编而成的。1931 年冬，我在我的家乡从一把木枪起义开始，领着两个长工拉起抗日队伍，从三个人到几十人到百余人，不久加入救国军，被编为一个连。后来，我把队伍拉出来自己干，起名为“平南洋总队”，到 1933 年初发展到 200 多人。1933 年 5 月，在党组织的指导下，“平南洋总队”改名为宁安工农义务队，我任大队长，也光荣地加入了中国共产党。1934 年 2 月，我率领工农义务队在平日坡与周保中同志会合。

1934年2月16日，由周保中出面，召开绥宁地区各抗日部队代表会议，决定一致抗日的纲领。以边区第一、三连和宁安工农义务队为基干，逐渐吸收柴世荣、傅显明、王毓峰、王汝起各部和八道河子农民自卫队参加，在宁安东南乡组成“反日同盟军办事处”，主任周保中。后又改为“反日同盟军联合办事处”。

绥宁反日同盟军组成不久，根据省委指示和吉东局决议精神，建立党直接领导的武装，加强反日同盟军中的骨干力量，于1934年5月建立了宁安抗日游击队。

为了保存力量，在吉东局、宁安县委指导下，同盟军党委决定有组织、有计划地将同盟军队伍派遣各地进行分散游击活动，不同敌人的大部队打硬仗。使队伍在强敌进攻之际，保存了实力，同时还锻炼了活动能力，提高了游击战术。敌人于1934年四五月间发动的以同盟军根据地宁安为主要目标的春季“大讨伐”，不但没有消灭我同盟军，反而经过这次游击战争，使同盟军所属部队在同敌人的战斗中不断发展起来。于是，敌人又在同年9月至1935年1月，以通化地区、哈东地区、东满地区和绥宁地区为重点，以六个师团的日军和伪军等3万人，举行了两次四个月的秋冬季“大讨伐”，反日同盟军各部队，在游击区军民密切配合下，胜利地粉碎了日伪军在该地区的秋冬季“大讨伐”。

根据斗争形势的需要，1934年12月，中共吉东省委、宁安县委和绥宁反日同盟军党委共同决定，将绥宁反日同盟军改编为东北反日联合军第五军。改编后的第五军先后编成2个师、7个团、19个连，共计936人，800多支步枪，4挺轻机枪。其中，第一、四团为基干队，第二团为准基干队，其他4个团是非基干队。队员中多数来源于农民，有一小部分来自工人、学生和士兵等，党团员占队员的25%左右。军长周保中、副军长柴世荣，政治部主任胡仁，参谋长张建东。

东北反日联合军第五军，在改编过程中和成立之初，主要活动在宁安县内。这时，正是日寇及伪军向宁安、汪清等地我抗日部队进行“讨伐”时期。第五军在1935年1月至5月，先后与日伪军进行十数次战斗，给敌人很大打击。其中打得最漂亮的一仗为石门子伏击战。我们一师七八十人，在1935年1月，顺着大岔沟向宁安县城摸索前进，主动接敌寻找战机。我们巧妙地利用敌人的一个探子，把敌人引到一个路旁有着两块巨石的险要地段，打了一个漂亮的伏击战，这一仗打死打伤日军、靖安军百余人，活捉靖安军六七十人，缴获一批枪支弹药。

此外，我师在花石门子、庙岭、岔沟、长岭、阿马河子、葡萄岭等地也多次与日伪军作战，袭击敌伪据点，在东京城缴了当地自卫团运输队的械，在六道河子袭击了敌人火车站，并在西北山开辟了新的游击区。第二师回到宁安后也先后袭击了马厂日本国道局和石头河子火车站的日本守备队，均获胜利。

1935 年4 月，第五军党委决定将队伍分三个地区进行活动，以开辟新的游击区。除军部和一部分队伍留守宁安坚持游击根据地斗争外，将主力编成东、西两个派遣队。

东部派遣队，于4 月末5 月初由第一师一团二连、第二师四团一连和军部警卫连编成，在军政治部主任胡仁领导下开始东进。5 月中旬深入到穆棱腹地，并与当地党组织取得了联系。在地方组织的积极支援下，广泛地开展了游击活动，多次打击了敌人，提高了抗联的威信，并把在战斗中获得的枪支交给地方，组成了一支30 多人的游击队和一支20 多人的青年义勇军，形成了穆棱县新的抗日队伍，还改编组成了第五军八团。

西部派遣队于1935 年7 月由第一师一团一、三连，第二团全部和第二师四团二、三连及东满人民革命军的1 个连编成，共200 多人，在副军长和我的率领下，于7 月末8 月初到达额穆县，一部分活动在黄泥河子、威虎岭和敦化附近，一部分留守额穆，与军部保持联系。

宁安留守部队，由三、五、六、七团和四团一部组成，和军部及第二军一部分队伍活动在宁安县各地。在1935 年到1936 年的活动中，也给敌一些打击。但由于留守部队多是收编的山林队，成分复杂，政治素质差，又缺乏游击活动的经验，因而在反“讨伐”斗争中受到很大损失。

1936 年2 月，东北反日联合军第五军正式改编为东北抗日联军第五军。1936 年，第五军的军事活动计划是：第一师以额穆县为中心，向五常、苇河、舒兰、敦化等县活动，打通与第一、第三军之联络；第二师以穆棱为中心，向东宁、密山、勃利一带开展游击活动，与第三、四军部队取得联络。

根据计划，第二师四、五团出发后，2 月中旬，军部根据吉东特委的指示对行动计划再次做了调整。按照新的部署，第一师从额穆县向宁安镜泊湖一带转移，于 2 月 20 日到达距东京城 30 里之吊水楼休整。2 月 28 日我师部队为了搞给养，在莲花泡与敌人发生了激战，毙伤日军 90 余人。由于日伪军在中东路南的“讨伐”越来越紧，西进五常的计划已难以实现，于是第二师主力也向道北转移，第三、第六、第七团和军部警卫营，第一、第二教导队仍留在宁安活动。

在莲花泡战斗之后，为了避开敌人锋芒，经军部同意，我率部向道北转移，开辟穆棱、鸡西、鸡东、林口等游击区，军部率直属部队及第二团等暂留宁安活动。之后，我又率部在磨刀石火车站截获敌人的一车军火。我们刚刚在穆棱站住脚后，我回宁安军部汇报并请示工作，但到宁安未找到军部，回来时却遭敌人的伏击，我带的六个人全部牺牲了，还是我师一团副政委孙玉凤率援兵及时赶到救了我。回穆棱后，我率领第一团在大小石头河子、柳树河子、白石砬子一带活动一段时间后，在太平岭山边子与第二团会合。

由于战斗紧张，日夜操劳，我染上了伤寒病。这时，敌人又对我们进行“讨伐”，战士们抬着我到处转移。没有粮没有盐，同志们把仅有的一点点粮食和盐水给我吃。为挽救我的生命，部队几次派人下山找粮。

几个月后，我的病慢慢好了，这时组织交给我去苏联一个储藏站取军火的任务。我带几十个人，几经周折赶到苏联境内，却莫名其妙地被苏军解除了武装，经反复解释也不行，还是被关押起来。不久，苏军又把我们送到大森林里砍木材。后来，吴平从莫斯科来接应我们，并让我和同去的一部分同志去莫斯科东方大学学习。直到抗日战争胜利后，我才回到东北。

在抗联第六军的战斗生活*

王明贵

九一八事变后，中共满洲省委派人到汤原建立中国工农红军和苏维埃政权。1932 年 10 月 10 日，中国工农红军第三十三军汤原民众反日游击队出现在三江平原上。这支队伍由 40 名党团员组成，由小到大、由弱到强，成为东北抗日联军第六军的前身。

三江平原的日伪势力对刚刚诞生的汤原游击队视为洪水猛兽，妄想扼杀在摇篮里。汤原游击队不断避开敌人进攻的锋芒，寻找敌人薄弱环节，夺取武器装备自己。1934 年 10 月，根据中共满洲省委的指示，汤原游击队扩编为汤原游击总队，夏云杰为总队政治委员，戴鸿宾为游击总队队长，李仁根为总队参谋长，下辖 4 个队，全体队员 150 人。游击总队置于党的绝对领导之下，政治委员为党代表，一切军政命

* 本文原标题为《回忆抗联第六军》，收录时做了适当修改。

令均须由政治委员、总队长、参谋长共同研究决定，最后政治委员签字生效。

随后，这支队伍乘胜扩大游击区，从太平川到亮子河、黑金河、仙马沟、格节河一带变成了天空晴朗、人民扬眉吐气的“红地盘”。汤原游击总队领导人在中共汤原中心县委、反日救国会的协助下，对有枪有势的太平川自卫团团长张传福进行了卓有成效的争取教育工作，使他的民族意识迅速提高，奋然站在反日立场投身于革命。10 月 29 日，太平川自卫团 30 余名士兵在团长张传福的号召下，毅然起义，轰动全县，得到了松花江下游广大人民的赞扬，激发了抗日军民的爱国热情，至此，太平川的抗日斗争呈现出一派前所未有的大好局面。年底，汤原游击总队已发展到 400 余人，成为威震松花江下游的一支抗日劲旅。

正当汤原游击总队迅猛发展之际，政治委员夏云杰同志在 1935 年 1 月 4 日指挥战斗中负伤，离队治病半年之久。夏云杰因以鸦片止痛，不料染成烟瘾，一度放松了队伍的思想政治工作。这时，汤原县特务机关乘机派遣叛徒赵东国潜伏队内进行瓦解，挑拨游击总队与义勇军的关系，蓄意制造矛盾，对夏云杰进行人身攻击，企图达到搞垮游击总队的目的。这种情况发生后，引起了中共满洲省委的高度重视，于 1935 年 3 月派田学文前往汤原代理夏云杰的政治委员职务，并根据中共汤原县委提供的可靠证据，协助夏云杰在汤原西北沟逮捕了叛徒、特务分子赵东国，全体队员也都受到了一次深刻的阶级教育。之后，这支队伍又重新振奋精神，积极地为实现省委提出的“汤原发展游击队一倍，建立人民革命军基础，扩大游击运动，建立赤色游击区域”的号召而斗争。

非常可惜的是，代理政治委员田学文同志于6月5日在指挥汤原游击总队与伪军激战中英勇牺牲了，这对刚刚恢复元气的汤原游击总队来说又是一次沉重的打击。伤势较重的夏云杰焦急万分，以极其沉重的心情给省委写了一封信，迫切要求上级派得力干部加强汤原游击总队的领导。上级派遣在哈尔滨养伤的原汤原游击队的老杨返回汤原游击总队任政治委员。7月初，夏云杰以最大的决心戒除了鸦片瘾，在医生的精心治疗下，很快恢复了健康。他回队后继续担任政治委员，加强了政治工作，提拔了新干部，开展了军事活动，游击队员发展到400余人。

1935年7月，汤原游击总队再次进入太平川发动群众，展开了一场新的斗争。9月4日深夜，夏云杰率领一支队伍越墙跨入了太平川警察署院内，未费一粒子弹，俘虏了10余名警察。紧接着，游击总队另一个中队，以迅雷不及掩耳的速度攻克了反动地主乔玉柱的土围子，解除了躲在炮台里顽固抵抗的自卫团武装。次日拂晓，总队长戴鸿宾率领一支化装为伪警察的队伍，敲开了反动地主耿子修的大门，将其财产分给了贫苦农民，并用其巨款充作抗日经费。汤原游击总队创造的战绩，受到汤原乃至下江人民群众和各抗日义勇军的钦佩和敬仰。不久，冯治纲率领的60余名抗日义勇军加入汤原游击总队，游击总队发展到五个中队11个小队，700余人。

1936年1月下旬，汤原游击总队扩编为东北人民革命军第六军，夏云杰任军长，调第三军一团政治部主任张寿篯代理政治部主任。军部下辖4个团12个连，年初，队伍发展到千余人。第六军的建立，标志着松花江下游地区抗日游击战争进入了新阶段。

3月19日，张寿篯和戴鸿宾率百余名义勇军，冒着严寒，乘爬犁急行400余公里，驰入小兴安岭岔巴气、老钱柜，一举解除了森林警察大队的全部武装，缴轻机枪1挺、步枪百余支、子弹4400余发和电台等战利品。罪大恶极的日本指挥官森山警佐负隅顽抗被击毙。这次战斗的胜利，不仅在战术上获得了成功，而且在战略上也具有重大意义。从此，第三军和第六军便充分利用小兴安岭山高林密、河流纵横、地形复杂的天然屏障，建起了小型兵器修理厂、被服厂、医院、仓库、学校、执法处、临时密营等后方基地。实践证明，小兴安岭后方基地建设，是坚持东北长期抗日游击战争的一个创举，它对第六军的发展壮大起到了积极作用。

四五月间，三进鹤岗是第六军又一次重大的军事行动。为了这次战斗的胜利，第六军军部和汤原中心县委密切配合，派得力干部潜入敌人内部进行侦察。第六军为了打有把握之仗，于5月13日和20日，先后进行了两次试探性进攻，使驻守鹤岗的日伪军虚惊两次。他们便错误地认为我军是虚张声势，无力进攻，逐渐放松了戒备。5 月22 日，第六军部队乘敌麻痹之际，向鹤岗矿山镇发起进攻。战斗打响之后，第三团团长冯治纲奉命炸毁了吊桥并封锁了日本守备队和矿警一队的营房，为冲锋队直捣煤矿事务所创造了条件。经激战，我军击毙日本指导官山口为市、桥田德次和伪警察大队长赵永富。这次战斗的胜利，是第六军创造性地运用里应外合战术攻破敌人城镇的典型战例。5 月11 日，第六军二团和第三军五师一团合编的150 余名依东先遣队，在依兰县西湖景地区暖泉子，遭三倍于我的日伪军联合“讨伐队”的包围，为扭转不利局面，我全力与敌人争夺刘家屯北山制高点。依东先遣队的勇士们，面对强敌表现了宁死不屈的英雄气概，用子弹、枪托和石头连续打退了敌人数次冲锋，直到全体指战员全部英勇牺牲。

第六军经过半年的艰苦斗争，队伍发展到 1500 余人，在松花江下游已经成为相当有实力的部队。这时，军长夏云杰对部队进行了整编，第三团团长冯治纲提升为军部参谋长，下属的4 个团扩编为8 个团和1 个保安连。整编后各团根据军部统一指示，到松花江下游两岸开辟根据地。

日军立即炮制出“秋季讨伐”计划，调集重兵进攻汤原游击根据地和小兴安岭第三军及第六军后方基地。敌人的“秋季讨伐”从 10 月 1 日开始，日伪军 3000 余人张牙舞爪地闯进了汤原大地。第六军以化整为零、避强击虚的战略战术与敌人周旋，尽管敌人用了两个月的时间到处追踪、“扫荡”，却没有看见第六军的影子，反而经常受到我机动部队的突然袭击。一次，第六军四团埋伏在汤原石场沟的一片密林里，放过伪军骑兵团之后，向汤原治安队步兵连发起猛烈进攻，打死打伤敌官兵 20 余人。日伪军对“秋季讨伐”没有达到预期效果十分恼怒，便焚毁了汤原太平川、景阳屯、孔庆余屯等许多自然屯，强迫无家可归的男女老幼归入六个“集团部落”。根据斗争需要，第六军党委决定留少数部队牵制敌人，主力部队远征佛山开辟新区。第六军司令部正在紧张地集结部队、筹备给养时，夏云杰军长遭敌袭击，身负重伤，抢救无效，于 11 月 26 日为国捐躯。

1937 年 2 月 2 日，抗联第六军司令部在中共北满临时省委的指导下，召开了军政联席扩大会议，任命戴鸿宾为抗联第六军军长。戴鸿宾军长在会议之后及时整编了部队，以原有的 8 个团为基础，编了 4 个师，立即分赴各地与日伪军展开了英勇斗争。

在全国抗日战争爆发前夕，为了给敌人以沉重打击，鼓舞东北抗日军民的必胜信心，第六军军部决定在西征松嫩平原之前，对有重兵把守的汤原县城进行一次袭击。这次战斗是 5 月 18 日夜间发起的，故称夜袭汤原。在这次战斗中，日军守备队被我第四师二十八团部分队伍封锁在营房，冲出院门的敌兵都被打死了，其余的警察队、县公署等全被我军攻破，汤原县的“太上皇”宫地宪参事官瞬间变成了枪下鬼，日本警官竹木福太郎等毙命。

同年7月，戴鸿宾军长根据中共北满临时省委的指示和东北民众反日联合军司令部的决定，率第六军二、三、四师共千余人，越过小兴安岭向松嫩平原远征。这次远征主要是要跳出敌人包围圈，在敌人统治薄弱地区开辟新的游击根据地。由于没有远征作战的经验，大部队穿过小兴安岭时，疲劳过度，给养严重不足，炮弹受潮，造成首战叶家窝堡失利，我军伤亡数十人，但次日在李刚烧锅屯与日军作战取得了胜利，歼敌30人，缴机枪1挺。在同年七八月间，第二、第四师继续远征到海伦、通北、绥棱等地，均遭日伪军的疯狂反扑，没有地方党和群众组织的支持难以立足，于是又决定返回汤原游击根据地。

第六军退回汤原之后，发现松花江下游地区的敌我斗争形势发生了重大变化。日本关东军为消除扩大侵华战争的后顾之忧，调整了计划，加强了对伪三江省抗日力量的“围剿”，派遣了关东军、伪靖安军、伪兴安军和伪“满洲国”国军等共约2.5万人，包围了伪三江省反日游击区和游击根据地，妄图将东北抗日联军压缩到黑龙江、乌苏里江、松花江下游之间，即所谓的“威力圈内聚而歼之”。与此同时，伪“满洲国”治安部为了割断抗日军民的血肉联系，特派警务司警务科科长到伪三江省，刮起了“集团部落”妖风，强迫14个县的5700户农民并入578个大屯，置于72个警察管制区监视之下。但是，第六军指战员积极响应党中央的号召，在富锦、宝清、汤原、依兰、桦川、萝北等县，与日伪军展开了英勇不屈的斗争。

1937 年 11 月，日本关东军策划了“三江大讨伐”，三江平原被日本关东军第四师团、伪满军、伪兴安军、伪靖安军以及宪兵、特务、警察闹得天昏地暗。1938 年 1 月至 4 月间，在伪三江省境内的日伪军出动 299 次，交战 123 次。敌我交战之频繁，斗争之激烈，可见一斑。2 月 4 日，我军进攻萝北县城是最激烈的一次战斗，日本官吏及眷属、伪警察全部龟缩到伪县公署院内负隅顽抗，拂晓，我军退至城外与疯狂扑来的日军机械化部队 150 余人发生激战，打死 18 人，打伤 6 人。不料，伪军一个团的兵力前来解围，形势发生逆转。戴鸿宾军长及时指挥 400 余名抗日队伍进入苏境。中共北满临时省委鉴于北满各抗日部队作战日益频繁，过度疲劳，伤亡严重，一时很难改变敌强我弱的局面，果断做出冲出敌人“三江大讨伐”包围圈，实行战略转移，开辟松嫩平原游击区的决定。这一决定得到了北满抗联各军的热烈拥护和积极响应。

第六军政治委员张寿篯在萝北县老等山集结部队，指挥了西征。这次第六军和兄弟部队先后分三批跨上了艰险的西征历程。首批西征部队由第六军教导队、第一师六团、第二师教导队、第二师十一团共 200 余人组成。8 月 23 日深夜，西征部队突遭日军“讨伐队”袭击，第二师师长张传福等八人在反击战中英勇牺牲。然后，他们路经小兴安岭原始森林，在崎岖小路上行军 20 余日，胜利到达绥棱县八道林子与第三军六师部队会师。

第二批西征部队由第六军三师八团、六团和第二师十二团共 200 余人组成，我为第六军三师师长并为第二批西征部队指挥员，与第六军部队同行的还有第三军四师保安团和三师共百余名指战员。这支队伍于 9 月 7 日从萝北县老等山出发，途中因秋雨连绵、河水泛滥和漫无边际的沼泽地阻碍，给我们西征造成了难以想象的困难。但我们以无比坚强的革命毅力和不怕牺牲的顽强精神，仅两天两夜就走出了 150 公里的艰险路程。10 月 8 日胜利到达绥棱县白马石，与参谋长冯治纲和第三军张光迪部队会师。

第三批西征部队由第六军教导队和第十一军一师共 200 余人组成。1938 年 11 月从富锦出发，在 12 月 29 日胜利到达绥棱县八道林子密营。著名的战斗诗篇《露营之歌》，就是在 1938 年西征过程中，由张寿篯、陈雷、于天放等同志在不同季节和不同地点创作的。它是东北抗联战士艰苦斗争的真实写照。

抗联第六军西征的胜利，有力地说明了日本关东军妄图在三年内聚歼抗联计划的破产。北满抗联保存下来了一支特别能战斗的革命火种。虽然西征到达松嫩平原的部队不足 1000 人，但质量大大提高了，就如同一把革命的火种，点燃了抗日战争胜利的希望，直到打败日本帝国主义。

抗联第七军的战斗生活*

单立志

1936 年 11 月 15 日，抗联第七军正式成立，军长陈荣久、参谋长崔石泉，全军共 700 余人。

抗联第七军抗日游击战争及虎饶地区群众抗日斗争的蓬勃发展，极大地震撼了日伪军在虎饶地区的统治。日寇为了巩固其占领地，一方面训练大批特务，打入抗联内部进行瓦解、暗害活动；一方面增调兵力，把过去一年春秋两季“讨伐”，改为常年“讨伐”，从伪军充当主力变为日军充当主力，疯狂“围剿”我军。

1937 年 2 月 12 日夜，四方林子来了 1 个排的抗联队伍，挨家串户“抓人”，把九个青年五花大绑拖上爬犁后扬长而去。第二天，四方林子一带都传着“不少小伙子被‘红胡子’抓走了”的消息。这是我预先和第七军三师七团团长

* 本文原标题为《抗联第七军战斗生活追忆》，收录时做了适当修改。

隋长青谋划好的参军方法，避免了战士家属受到株连。

参军后，我被分配到第七军三师一连。当时第七军每师只辖1个团，共9个连队。全军武器装备不足，质量也差，没有一件重武器，轻机枪不多，弹药也不足，部分战士拿着大刀长矛，许多新入伍的战士只能空着手跟部队走。

1937年春，日伪军开始了疯狂的春季“大讨伐”。为了迎击敌人的进攻，军长陈荣久率领50多名战士，到饶河西北大顶山北部天津班，和山林队头领研究协同作战方案，扩大抗日统一战线。但这次行动计划，被陈军长的秘书罗英出卖给了敌人。3月6日，饶河县日本参事官大穗纠集日伪军300余人包围了天津班，对我军突然袭击。陈军长率队沉着应战，经三小时激烈战斗，击溃了敌人。在我军刚要冲锋时，饶河县警察大队长苑福堂率200多名援兵赶到，在敌众我寡的情况下，陈军长指挥部队英勇战斗，到下午6点，终于突破重围，击毙日军30余人，打伤10余人，打死打伤伪军几十人，陈荣久军长在掩护战友撤退时不幸中弹牺牲，我军20多名战士献出了宝贵生命。

陈军长牺牲后，崔石泉接任军长，将部队做了调整：原第一师、第二师合并为第一师，原第五团扩为第二师，第三师未变。为了打击敌人，壮大队伍，争取各种抗日力量，第七军于5月中旬兵分两路开展游击活动，军部、第二师和收编部队在虎饶地区，第一、第三师共600余人到同江、富锦一带发展。

我随第三师从独木河向富锦进军，开拓游击区。一路上翻山涉水，风餐露宿，经很多天行军到达富锦县大旗杆，驻扎在二道林子。第一师的一个团也提前到达这里。二道林子距富锦五六十公里，是一道东西走向的狭长山岗，我师到达二道林子的第二天下午，接到地方党组织送来情报，说敌人要来“讨伐”。我们随即派出侦察分队，查明了敌情。敌“讨伐队”有1000多人，其中300多名日军，其余是伪军和警察，各种轻重武器配备齐全。而我第三师总计才有5挺轻机枪，没有重武器，弹药不足，人数上也处于劣势。

翌日清晨4点，东方放亮时，敌以散开队形沿公路及两侧开阔地向我阵地扑来。我第七团一连、二连正守在公路道口，当敌人距我不到100米时，一连连长张海山大喊一声：“瞄准打！”顿时枪声大作，子弹骤雨般地射向敌群。敌人遭到突然打击，像割高粱似的一排排倒了下去，后面的敌人连滚带爬地退了回去。片刻寂静之后，敌人用山炮、迫击炮向我阵地轰击，战士们迅速隐蔽在战壕里。一阵狂轰滥炸之后，敌人以伪军在前、日军在后，接近我前沿百余米时突然发起冲锋。出敌意料，我阵地一簇簇人头从泥土中冒了出来，步枪、机关枪、手榴弹劈头盖脸向敌人打去，打得敌人屁滚尿流，又丢下许多尸体败退下去。我们打退了敌人十多次冲锋。晚7点，为了保存实力，我师趁天黑撤出战斗向兴隆大旗杆进发。二道林子一战，毙敌150余人，缴枪80余支及大批弹药，我师只有3名同志牺牲、14人负伤。

夏季到来，林木茂盛，给第一师、第三师的游击活动提供了方便。7 月，李学福、景乐亭率部队从大旗杆直奔二龙山，同据守二龙山的 400 余名伪军展开激烈战斗。打死打伤 30 余名敌人，缴获大批军需物资。8 月初，第三师在高台子休整，日伪军 600 多人向我驻地发起攻击。我们用交叉火力猛烈射击，接连打退了敌人七八次进攻，击毙敌 100 余人。经过多次战斗，我们打掉了富锦一带日本鬼子的威风，日军龟缩在县城轻易不敢出来。抗联第七军威名远扬，所到之处受到群众热烈欢迎，在富锦牢牢站住了脚跟。虎饶地区也经常传来我军胜利的消息，崔石泉、邹其昌率部收编了红枪会，在西林子消灭伪军一个连，缴获大批枪支弹药，并在开展游击活动中，成立虎饶反日游击指挥部，扩大了抗日武装力量。

1937 年是抗联第七军大发展的一年，处处打胜仗，积极发动群众，搞好统一战线。队伍不断补充扩大。我们的游击区由虎饶发展到富锦、同江等县，并且已连成一片。

1937 年 8 月，由第三师直属队、警卫连和七团一连部分战士组建成骑兵队。我们靠这支快速部队，远距离奔袭，很有成效。一次，突袭百里外的伪自卫团和警察所，我骑兵一宿赶到，当敌人醒来时，已被我们的枪口逼住，只好缴械投降。待敌援兵赶来时，我们已经远走高飞了。

黑龙江到了冬季，冻土层很厚，敌人的机械化部队可以通行。这个季节，无论防御或打游击，都于我军不利。由于同江、富锦一带的沼泽地已失去了屏障作用，1937 年 9 月，第一师和第三师返回虎饶，进山里等待时机。

1937 年 11 月，崔石泉率主力 600 余人转战抚远，避开敌人“讨伐”锋芒。12 月 12 日，会同第五军部分骑、步兵 400 多人联合突袭七星河镇，击毙日军指导官和教导官各一人，打死日军 10 余人，打伤 20 余人，消灭伪军一个连，缴获步枪 200 余支、轻机枪 4 挺、重机枪 1 挺、迫击炮 1 门及其他军用物资，打乱了敌军的“讨伐”部署，我军主力在崔石泉率领下，安全返回饶河沟里。

1937 年末，日本侵略者在下江地区初步实现了“坚壁清野”计划后，又纠集重兵，对伪三江省我抗日力量进行大“扫荡”。1938 年初，敌人对国境线附近的饶河、虎林、抚远等县我第七军进行“大讨伐”，实行经济封锁，断我军需来源，并不断派遣特务诱降和瓦解我军，以图压缩我游击区和消灭我游击根据地。

为了冲破敌人的层层封锁，粉碎其“讨伐”战略，保存实力，我军兵分三路开展游击战争：军部留在虎饶坚持斗争；第一、第二师到同江、富锦一带活动；第三师开往宝清开展游击战。

我随第三师直属队、警卫连、七团、八团共计 300 余人，在景乐亭师长率领下，由虎林马鞍山出发，前往宝清与第五军会师，共同抗击敌人围攻，进而把虎林、宝清、集贤、桦南、勃利等游击区连成一片。3 月末，第三师进驻双鸭山地区，密营设在双鸭山与宝清相邻的茂密森林里。我师直属队加第七团直属队骑兵共 100 余人，另有步兵 200 多人。当时，宝清县驻有日军 1 个守备大队及伪满军 1 个团，加上地主警察队和汉奸队，实力较强。

由于敌我力量悬殊，我师同敌人作战主要是发挥骑兵作用，晚上出击，破坏敌归大屯计划。天亮前返回，步兵留守密营，备敌“讨伐”。我骑兵神出鬼没的袭扰，搅得敌人不得安宁，遂集中兵力进山“讨伐”。4 月上旬一天上午的八九点钟，400 多敌人包围了我师密营，向我发起进攻。我步兵分队凭借地坑工事与敌展开激烈战斗，打退敌人一次又一次的猛攻。敌人气急败坏，兵分两路夹击我军，情况十分危急。在这关键时刻，我外出袭击敌人的骑兵部队赶了上来，也从两路杀入敌群，敌人被这突如其来的袭击打得蒙头转向，落荒而逃，连重伤号都没来得及带走。此战，我师打死打伤敌 100 多人，其中日本指挥官两人。我们牺牲了 3 名战士，10 人负伤。

宝清县一带有我抗联第五军及第四、第八军一部活动，第七军三师介入后，敌人吃不消了，于是把蒙古族伪骑兵调来增援。日寇利用蒙汉民族矛盾，向他们灌输仇视汉人思想，这些被利用的蒙古兵不但打抗联，还迫害百姓，烧杀奸掠，无所不为。在战场上，伪蒙古骑兵确实凶悍，横冲直撞，枪随马到，难以抵挡。但他们也有弱点，离开马就没招了。所以，我们采取了先打马后打人的战法。几十次较量，把伪蒙古兵锐气挫了下去。另外，老百姓出于对伪蒙古兵的愤恨，为抗联提供了大量情报，为我打击伪蒙古兵创造了条件。

5 月下旬，我第三师会同第五军三师在宝清县大梨树沟子布下伏击圈，派出一个骑兵排到山下诱敌。接近敌驻地时，伪蒙古兵冲了出来，骑兵排打几枪勒转马头就跑，敌紧追不放，一直追到我们伏击圈里。我军四面出击，不到一小时全歼了敌人，打死打伤 50 多人，活捉 40 多人。

挫败蒙古族伪骑兵后，日伪军“讨伐队”不轻易出动了，但我开展游击活动也很艰难。当时，日寇已全面实行坚壁清野，对游击区封锁很严。我们吃穿用的主要来源断绝了，战士们几天吃不上一顿饱饭，给养的补充只能靠从敌人手中夺取，因而战斗十分频繁。我师战士曾经饿着肚子一天同敌人打了 12 仗，部队减员日渐增多。为了保存力量，我师转战雁窝岛，着手建立密营，准备冬季给养。

1938 年 9 月 16 日，第七军军部接到情报，获悉日军一名高级官员到饶河县挠力河畔小佳河，视察“集团部落”建成情况。崔石泉随即率军部少年连赶往挠力河边西风嘴子，设下伏击圈，准备在敌返回途中消灭他们。9 月 20 日，日军汽艇沿弯弯曲曲的河道向西风嘴子驶来，日军少将日野武雄在几名随从护卫下，站在甲板上用望远镜四下张望。渐渐地，敌汽艇进入了少年连伏击圈，顿时，步枪、机关枪向敌猛烈开火，当场将日野少将及几个随从击毙，汽艇驾驶员被打死，汽艇搁浅。

少年连的小战士们不怕牺牲，英勇战斗，仅用几十分钟就打了个干净、漂亮的伏击战，击毙了日本日野武雄少将以下 39 人，缴获轻机枪 1 挺、步枪 27 支、短枪 10 支、子弹 4000 余发，我方无一伤亡。

曾分兵活动的第七军一、二师于 1938 年 6 月在富锦与同江交界的七牌处会合。此后，第一、第二师在王汝起师长统一指挥下，在富锦、同江一带艰苦转战。7 月，攻打了富锦县境的几处“集团部落”，解决了急需的给养和服装。10 月，又在同江县卧虎山与尾追之敌展开激战，打死打伤 20 余名敌人，缴获步枪 50 余支。

1938 年冬天，敌人出动了 3000 余名兵力在饶河县境内进行“大讨伐”，妄图围歼我第七军。在反“讨伐”斗争中，我军多次冲破敌人的“围剿”和经济封锁，重创了敌人。但严酷的战斗及恶劣的生存条件也夺走了许多优秀抗日志士的生命，部队减员很大，1939 年全军减少到 750 余人。

从 1939 年开始，日寇加紧实行“匪民分离”政策，妄图逼迫我军退出国境，或将我困死在深山之中。所以，我们第七军各部队开展游击活动，是以解决给养为主要任务。各部一方面抓住敌人薄弱环节袭击敌人，攻打“集团部落”，截击运输队；另一方面派部分队员建立临时密营，在深山密林里找出小块地开荒种植苞米、萝卜、白菜等，以准备冬季给养。由于敌我力量悬殊，我们部队的斗争环境是相当险恶的，战斗异常频繁，敌人一发现我们的踪迹，马上就来“围剿”。因部队很少能在一个地方住上几天，经常转移作战，生活是非常艰苦的，甚至吃不上饭。

从 1939 年 4 月起，我同第三师政治部主任鲍林和甘凤山、美新州等人到独木河开展工作。鲍林任队长，我为副队长，在独木河镇、顾家屯打开了局面，为第三师解决了大批给养，提供许多情报。秋季到来时，我们得知敌人集中 1600 余名日军、2000 余名伪军要向我军大举“讨伐”，就及时通知山里部队转移。但我们被服厂由于行动迟缓被敌人发现，遭到很大损失，只有少数同志冲杀出来，我们辛辛苦苦准备的过冬衣物被敌人烧光了。

为了保存有生力量，我军只好在冰天雪地里，出入于崇山峻岭之中，马不停蹄地与敌周旋。整个完达山脉，到处都是敌人拉网式的搜捕，我们只好采取化整为零分散游击的办法。在饥寒交迫的恶劣环境中，战士们除了战死以外，冻、饿死许多。到 1940 年初，部队减员到 100 多人。

1940 年 3 月底，第七军改编为抗联第二路军第二支队。根据上级指示，为了保存力量，除一部分留在饶河外，主力于 1940 年 11 月渡过乌苏里江转移到中苏边境地区整训。

抗联第九军的战斗生活*

宋殿选

1937 年 1 月，东北民众反日联合军总司令部将原自卫军吉林混成旅第二支队，即李华堂支队，正式改编为东北抗日联军第九军。军长李华堂，参谋长李向阳。全军 800 余人，编成 3 个师，主要活动在黑龙江省依兰、方正、通河、汤原、勃利、宝清等地。1938 年 2 月，抗联第九军二师五团的 50 多名骑兵来到我的家乡——黑龙江省依兰县东三家子屯，宣传抗日救国的道理，引导我走上了抗日斗争的道路，我成为抗联第九军的一名骑兵。

在我入伍后的第三天，就遇到敌人的一次“大讨伐”。那天，我们的队伍正驻在依兰县道台区西田家屯。早晨，我站了一班岗刚回到屋里，就听见外面“叭叭”两声枪响。班长喊了一声“准备战斗！”便飞快地跑向自己的战马。枪

---

* 本文原标题为《回忆抗联第九军战斗生活片段》，收录时做了适当修改。

声越来越近，战友们都翻身上了马，箭一样冲出了大门。

我这个新骑兵，拉着马缰绳就往外走，没想到那匹马听到枪声有些发毛，撒腿就跑。我紧拉缰绳随着马跑了几步，就被拖倒在地。拖出有几十米，我实在拉不住了，一松手，马便抛开我随队伍飞奔而去。我立即爬起来，顾不得皮肉的伤痛，回头察看敌情。只见敌人四五辆汽车向我开来，边走边用机枪向我扫射，当时我真想痛痛快快地还击一阵，可我只有八颗子弹，只能设法脱身快跑。随着敌人“讨伐”日趋紧张，第九军大部分由乡村转移到山里坚持斗争。我们第五团也从西田家屯撤出来，转移到大顶子山周围活动。

第九军内部成分复杂，政治力量比较薄弱。为了加强这支队伍建设，吉东、北满党组织都积极选派优秀干部支援我军，从而加强了党对我军的领导及我军的思想政治工作。这些干部到我军后，经常利用战斗间隙办短期训练班，给学员上政治、文化、军事课，以提高干部战士的综合素质。

面对敌人“大讨伐”的严峻形势，1938 年五六月间，中共北满临时省委组织北满抗联部队第三、第六、第九、第十一军主力穿越小兴安岭，向西部的海伦地区远征，以开辟新的抗日游击区。参加远征的抗联部队分三批开进，首批部队是由我们第九军二师和第三军政治保安师 150 余人组成。

6 月，我们第二师五团在师长郭铁坚率领下，从依兰县的西风沟出发，直奔依兰和方正县交界的沙河子。一天晚上，我们趁夜乘五条小船渡过了松花江，连夜又进行了急行军，于天亮前到达了通河小古洞沟。常有钧所率政保师的队伍也来到这里与我部会师，经过筹备给养和思想动员，部队又继续向海伦开进。

远征的路途十分艰苦。由于敌人封锁严密，我们无法和群众接触，给养供不上，衣食住行都很困难。一个漆黑的夜晚，我们来到铁力县东面的桃山、神树之间过呼兰河。河水虽然只有1米多深，但水流湍急，河面宽约20米。过河时，因激流汹涌，两名战士倒下去被水冲走。因天太黑，无法抢救，只好忍痛过了河。郭师长和同志们都伤心地掉下了眼泪。

我们继续向西北的庆城、铁力前进，在苇子沟，遭到敌人突袭。政治部主任魏长魁因在队伍后面照顾伤病员，不幸被流弹击中负重伤，他在双腿不能行走的情况下坚持不让别人照顾，艰难地爬行了几公里，当他感到难以支持没有归队希望时，为了不泄露党的机密，不当俘虏，把随身携带的文件烧毁后，毅然自杀殉国。这位曾任过哈东特委书记、省委组织部长的我党优秀干部就这样牺牲在远征途中了。

6月底的一个晚上，部队到达庆城九道岗时，遭到敌人包围。突围中，第三军常有钧部和我师失散了，我师继续往北撤退。第二天凌晨，当我们撤至距王老板屯北10多公里远的地方时，敌人又追了下来，我们在树林里与敌人接上了火。当时，我们只有60多人，而敌人出动了几倍于我的兵力，从三面包围了我们。这次战斗整整打了一天一夜，团长胡金福等几人受伤，敌人伤亡10多人。撤出阵地后，敌人仍尾随我们，我们忍着饥饿又走了一天一夜，终于把敌人甩掉了，然后立即向海伦以东的四海店、张家湾方向前进。11月，我们这支队伍重整旗鼓，经四海店过张家湾河，直奔海伦县八道林子，与先期到达的兄弟部队会师，完成了艰难的远征任务。

1938年10月15日，中共北满临时省委常委、第三军政治部主任金策率远征部队到达海伦后，立即召开了各远征部队领导干部联席会议，决定筹备成立西北临时指挥部，以加强对已远征到黑龙江省西北部的第三、第六、第九军部队的领导和统一指挥。

1939年5月末，西北临时指挥部将我们第九军二师和第六军教导队一部及第十九团编为第四支队，支队长雷炎，政委郭铁坚。第四支队为骑兵队，共80余人，主要活动在海伦、绥棱一带。按照上级的指示精神，常寻找敌薄弱环节，采取突袭方式，乘隙歼击敌人，缴获敌人的武器和给养，开展游击活动。

1939年春节前夕，我们支队正驻在绥棱县东山里。春节来临，怎么利用这个时机安排好节日活动又能打击敌人呢？经大家讨论，支队领导决定开进平原，宣传群众，打击敌人，欢度春节。2月15日，经过简短动员，我们便整装向西南进发了。晚上5点多钟，来到位于滨北铁路线以西的一个村子，雷队长安排几名同志准备晚饭，其余同志和支队领导一起，分头到农民家做群众工作。晚饭后我们继续向西南前进，午夜到达海伦南部与望奎交界处的李洛啄屯，便在这里宿营。

第二天正值年三十，早饭后，我正在村后放哨，突然发现有四五辆敌军车向西北方向张家油房屯开去。接到报告后，雷队长、郭政委下达了准备战斗的命令并做了战斗部署。8 点多，又见八九辆敌军车往张家油房开来。不一会儿，敌人从屯子里出来了，他们分成两路，用拉大网的办法向我们包围过来。待敌人离我们 500 米左右时，我们先打了几排枪，打倒了十几个敌人，敌人一下乱了阵脚，都卧倒在地，架起机枪开起火来。由于敌人不了解我们的部署，不清楚我们的实力和目标，所以只好胡乱地向屯子里射击，子弹很密集，有的甚至打过了头，打到他们自己的队伍里。而我们在屯子里充分利用地形地物隐蔽着，任凭敌人怎么打，我们不露声色。打了一阵子后，敌人开始进攻了，等敌人的目标清楚了，我们便集中火力猛打一阵，把他们压在那里。就这样，我们把敌人压在 300 米以外，我们在暗处，看见哪里的敌人有行动就向哪里射击。敌人欲进不能，欲退不忍，十分急躁。午后，我们看见铁路线上停了几节闷罐车，下来 100 多名骑兵。他们来到我们阵地前也不敢硬冲，有的忙着运伤兵，有的跑来跑去不知干什么。面对敌强我弱僵持不下的局面，我们决定天黑后分两批从东面突围，出去后在克音河边会合。

天黑后，我们先用密集的子弹猛烈地向敌方射击一阵，打得敌人晕头转向。在敌人还未弄清我们意图时，第一批突围的 30 多名同志已经冲到东面，与警察队伍交上了火，并很快打开缺口冲了出去，在敌人背后组织火力歼灭他们，前后夹击打乱了敌人阵脚。当第二批 40 多人开始突围时，敌人方知我军意图，便将火力全部集中到东面，形成交叉火力网。我们冒着敌人猛烈的火力封锁向外冲击。20 分钟后，我们全部突出重围，在克音河边集合起来。

此次战斗，雷队长等 16 名同志光荣牺牲了。但是，这一仗很快传遍了海伦、望奎、铁力、庆安、绥棱等县城乡，60 多人冲出了 1000 多敌人的包围，歼灭 100 多敌军的辉煌战绩，被群众传为佳话。

抗联第十军的战斗历程*

高　毅

九一八事变后，东北军内一部分爱国官兵，组织起义勇军奋起抗战。原东北军第二十六旅三十四团士兵汪雅臣，带领几名士兵来五常县南山小牤牛河一带组织抗日武装，建立了“双龙队”，举起抗日的大旗，活动在牤牛河、冲河、寒葱河、向阳山一带山区，队伍发展到五六十人。后来，他率队伍加入了宋德林的反日山林队，编为第四支队，至 1933 年发展到 200 多人。

1934 年 2 月，汪雅臣约集五常县一带的各反日山林队首领和附近群众 700 余人，在尖子山老爷庙前召开抗日联合大会。在汪雅臣率领下，战斗在五常、舒兰和榆树县等广大山区，给这一带的日伪军以沉重打击。1935 年，日本帝国主义为了消灭哈东地区反日部队，调动了大量的伪军进行疯狂

---

* 本文原标题为《东北抗联第十军的战斗历程》，收录时做了适当修改。

的“大讨伐”。在这次“讨伐”中，宋德林的队伍被打垮，而汪部躲进山林，与敌打游击战，保存了实力。抗日斗争的实践，使汪亲眼看到五常县山里的许多反日山林队在敌人的“讨伐”中大部分都垮了，而赵尚志所率领的东北人民革命军第三军不仅没垮，相反获得了很大的发展，他感到，要抗日只有靠共产党的领导才能胜利。后来，他一面集合起宋的残部，一面派代表去寻找人民革命军第三军，要求搞革命力量的联合。后来，他们与第三军三师的部队会合了。

在共同的活动中，第三军三师与汪雅臣等义勇军的队伍成立了东北反日联合军道南指挥部，一致推选赵尚志为总指挥。1936 年 5 月，汪雅臣提出让第三军收编他的部队，珠河中心县委的领导同志得此消息后，立即接见了汪雅臣。

县委在详细了解了汪部的抗日活动情况后，决定将汪雅臣的队伍收编为东北人民革命军第八军，任命汪雅臣为军长、王维宇为参谋长，派刚从关里治病回来的原东北人民革命军第三军三团代政治部主任侯启刚任政治部主任，我和一个朝鲜族同志任政治部干事。

1936 年夏，汪雅臣率东北人民革命军第八军主力部队来到五常县桦皮场附近，得悉桦皮场驻有日伪“讨伐队”，汪雅臣认为这是一个好战机，决定立即进攻这股敌人。经过激战，占领了桦皮场，消灭了许多敌人，缴获了一些枪支弹药。不久，第八军转移到舒兰朱旗一带活动。有一天，地下情报人员报告一股日伪军前来“讨伐”，汪军长立即把队伍埋伏在朱旗上口子，当敌人进入埋伏圈后，放过走在前面的伪军，待日军进入后，一齐开火，顷刻间打死打伤日军几十人。汪军长在战斗中腿部负伤，部队很快撤出战斗，安全返回九十五顶子山根据地。

1936 年秋天，汪军长伤愈后，率领200 多人，消灭了驻扎在西关街的日伪军 60 余人。1936 年冬，第八军改名为东北抗日联军第十军，汪雅臣任军长，原参谋长王维宇改任政治部主任。王维宇同志很有政策水平，又多才多艺，军中很多要事，汪军长都找王维宇商量。

日本帝国主义为了剿灭我抗日部队，从 1937 年开始，除推行其“保甲连坐”“集团部落”“经济封锁”等一系列法西斯统治外，还大量增派日军进驻该地，不断地“围剿”第十军。在敌强我弱的情况下，第十军采取灵活机动的战略战术打击敌人。1937 年春，汪雅臣率领部队在朝阳屯一带活动，正巧与日军“讨伐队”相遇，汪军长指挥部队乘敌人在屯东门井边喝水休息的有利时机，消灭十余名日军，而后迅速转移。在半截河一带活动时，群众报告有 100 多名日军要出山“讨伐”，他们立即在山上设下埋伏，当敌人进入伏击圈，集中火力突然袭击，歼敌数十人，缴获一批武器弹药和军用物资。另外，他们还伪装成日军，攻击土桥子“集团部落”，伪装的先遣队缴了一个自卫团的武器。1937 年全国抗战爆发后，抗联第十军为配合关内的全面抗战，主动出去，攻打舒兰、五常、苇河一带日伪据点，并北上征战至延寿、方正一带，配合第三军作战，给敌人以有力打击。1937年还攻打了山河屯伪警察队，缴获其全部武器弹药，使敌人受到了很大震动。

1937 年 6 月底，北满临时省委召开第一次执委扩大会议，决定将抗联第十军交于吉东省委领导，后编入抗日联军第二路军，战斗在拉滨线以西，南至舒兰、新站，西至松花江一带广大地区。

1938 年 7 月，东北抗联第二路军第四、第五军主力部队向五常、舒兰一带进行西征。汪雅臣亲率抗联第十军北上接应西征部队，但为敌军所阻。在小山子与敌军作战中，汪军长不幸负伤，部队撤回九十五顶子山。8 月，抗联第十军与第二路军西征部队第四军于冲河张家湾胜利会师，此后，第十军与西征部队共同活动，并在给养和向导等方面都给予很大支持。

这一年，东北的抗日游击战争进入了异常艰苦困难的阶段，部队经常几天吃不上一顿饱饭，常常以野果、野菜、蘑菇、松子、树皮、野兽和马肉来充饥。虽然给养不足，条件艰苦，但部队的纪律严明，从不侵犯群众利益，老百姓把部队当成自己的人，经常上山送来粮、盐、火柴和衣物，官兵们战天斗地，充满着革命乐观主义精神。

1939 年 6 月，汪雅臣率领 300 多人化装成伪军，从小南门往九十五顶子山行进，途中遇到百余名日伪“讨伐队”，双方经过答话消除了敌人的猜疑。在部队休息时，汪军长突然令部队集合出发，战士们领会了军长的意图，迅速把枪口对准日军，瓦解了伪军，几十名日军被歼。1940 年 6 月，第二军五师来到五常县东南部山区活动，与第十军共同抗敌。秋天，为解决冬季服装和弹药问题，第十军决定打敌重镇山河屯。9 月 11 日晚 9 点，汪军长带领 80 多名战士，并动员舒兰县上金马、下金马和五常县大崴子、沙河子等地农民随军参战，他们首先割断敌人的电话线，突破山河屯城墙东门，留下一挺机枪把守，防敌抄袭后路。部队迅速解决了伪警察队，缴其武器弹药。日军守备队负隅顽抗，激战半个小时，消灭日军 3 名，其余十几个鬼子窜逃。战斗结束后，我军立即分两路撤退，返回摩天岭、满天星根据地。

1941 年 1 月，第十军的活动被叛徒告密。1 月 20 日伪军出动 300 多人，向第十军军部所在地尖子山密营进袭。为了保存实力，汪军长采取了主动撤退的措施，部队虽未受损失，但军部的密营却遭敌彻底破坏。1 月 26 日夜，汪雅臣派战士护送一些粮给群众回家过年，当他们在寒葱河屯外的庙岭子岗上休息时，汉奸发现他们生火产生的亮光，断定汪雅臣的部队在这一带活动，敌人一面鸣枪放炮，阻挠我军进屯，一面打电话向沙河子警察署报告。第十军战士听到枪声后，因不明敌情，未敢进屯，即向九十五顶子山转移。两天后，日军守备队 40 多人赶到寒葱河屯，在叛徒的带领下，敌人进攻九十五顶子山。

次日拂晓，汪军长和军部 20 多名战士在石头亮子河休息，由于做饭的炊烟被敌人发现，敌人分三路向河边扑来，我哨兵鸣枪报警。此时，第十军被敌三面包围，情况十分危急，汪军长当即命令副军长张忠喜带领部分战士抢占东西高地，从敌自卫团阵地突围，自己带领一部分战士坚守西面阵地阻击日军。张副军长率队冲向自卫团阵地时，因敌火力太猛，只有几个人从东南角冲出了敌围，伤亡严重，张忠喜副军长壮烈牺牲。汪军长令战士从西南角突围，自己接过机枪，带警卫员冲向东南角，继续扫射敌人。冲锋中警卫员中弹牺牲，汪军长多处受伤，滚下山坡。敌人冲过来，围住了他，他毫无惧色，痛斥日寇。日军把他抓住抬到贾家沟时，因伤势过重光荣牺牲，年仅 30 岁。

汪雅臣军长牺牲后，潜散的一些第十军的战士没有向敌人投降，有的继续在南山里坚持抗日游击斗争，有的在山里隐居生活，他们誓死不当亡国奴，充分显示了我抗联将士不畏强暴、不屈不挠，坚持抗战到底的崇高民族气节。

东北抗联第十一军*

卢连峰

东北抗联第十一军的前身是由吉林桦川县驼腰子金矿工人起义组成的一支抗日义勇军，祁宝堂为首领，报字号“明山”，群众后来称为“明山队”。明山队分 3 个班，每班 10 人，共 30 余人。明山队成立后，第一次战斗是 1933 年 7 月间，伏击日军由佳木斯开往依兰的运输车。8 月，明山队在驼腰子一带活动时，从矿工中得来情报，他们在预定敌人路过的山路口埋伏了三天，截击了伪军的粮饷车队，缴获两大车给养和一些枪支。战果轰动了附近乡村，一些有志青年主动加入队伍。

1934 年 3 月，得知依兰县土龙山农民大暴动的消息后，祁宝堂带队前来助战，加入民众救国军的行列，成为其中一支重要力量。3 月 19 日，明山队配合景龙潭中队在九里六屯

---

* 本文原标题为《回忆东北抗日联军第十一军》，收录时做了适当修改。

狠狠地打击了前来进攻的日军，击毁其汽车 10 余辆，歼敌百余。部队撤出后，敌人进行了疯狂的报复，将屯子里的人全部杀光，房屋一律烧毁，使九里六屯成为无人区。民众救国军在进攻孟家岗日本移民团失利后，转攻驼腰子镇，明山队也参加了这一次战斗，负责攻打西面王八脖子炮台，战斗取得胜利，救国军占领了驼腰子。民众救国军在驼腰子坚守 50 多天，这时，明山队被编为民众救国军暂编混成第一旅，祁宝堂任旅长。

此后，由于民众救国军在强敌的进攻面前屡遭失败，军心动摇，加上救国军首领谢文东并无真心抗日，部队纪律松弛，祁宝堂便带领部队脱离了救国军，辗转活动于公心集、横岱山、二道河子、蚂蚁河一带。这年秋天，活动在驼腰子一带的徐麟祥山林队百余人，加入了明山队，扩大了队伍。随着力量的壮大，明山队越来越活跃，不断地与敌人进行战斗。9 月初，在桦木岗龙王庙袭击了日军小川部队，打死打伤日军 50 余人，并缴获了敌人的军旗。1935 年 1 月下旬，他们还联合亮山队，在柳树河子截击了开往佳木斯的日军运输汽车，造成较大影响。为此，敌人加紧了向明山队的进攻，虽然明山队顽强抵抗，给敌人以有力打击，但由于敌强我弱，斗争越来越艰苦。

明山队的处境越来越艰难，祁宝堂感到需要有一个坚强的领导做靠山。恰在此时，由中国共产党领导的抗日游击队和东北人民革命军蓬勃发展起来，祁宝堂决定去珠河一带寻找共产党的游击队。这时，赵尚志领导的东北反日游击队哈东支队，已在珠河一带改编为东北人民革命军第三军。祁宝堂带队进入方正县境后，在山边子窝里屯与第三军相遇，赵尚志和冯仲云接见了他，向他讲了共产党的抗日主张和反日统一线战政策，欢迎他靠近共产党。祁宝堂决心跟着共产党走，把自己的名字改为“祁致中”。他改造自己的队伍，与第三军一起活动了一个阶段。

后来，以第三军为核心，联合谢文东、李华堂、祁致中的队伍，成立“东北反日联合军总指挥部”。赵尚志被推举为联军总指挥。3 月 9 日凌晨，赵尚志指挥谢文东、李华堂、祁致中等联合队伍 500 多人，攻打了方正县城，活捉伪县长，火烧了日本参事官的住宅。这次战斗，充分显示了联合军的威力，迫使敌人迅速撤回“讨伐”部队，重点防守城镇。27 日，赵尚志指挥谢、李、祁联合队 400 余人，又攻打了延寿县兴隆镇。4 月 23 日，攻打了大罗密镇的日伪军，战斗经历四小时，烧毁敌人营房，在经济上给敌人造成重大损失。

在与联合军一起活动中，由于受第三军的影响和帮助，祁部队员的政治觉悟和作战能力都有很大的提高，队伍发展到六七十人，还有一挺机枪、一门小炮和几十条长短枪，成为各抗日义勇军中较好的一支队伍。

后来，因第三军未能派政治工作人员到祁部，也没有做好团结工作，再加上祁致中个人英雄主义观点较强，并与第三军和谢文东、李华堂之间发生矛盾，不久祁致中带队离开单独活动。由于脱离联合军，孤立无援，并受到日军的进攻，遇到很多困难。为了扭转被动局面，祁致中决定去找汤原县委，求得帮助。1935 年冬天，祁致中带一部分队伍过松花江，到汤原三甲尹家大院，通过关系送给县委一封信，汤原中心县委派委员刘忠民代表党组织，到尹家大院接见了祁致中。

祁致中向党组织谈了明山队的起义经过及活动情况，提出要参加中国共产党，请党改编他的队伍，并要求给他的队伍派军事、政治干部等。刘忠民代表党组织答复了他这些要求，同时介绍他去会见汤原反日游击总队政委夏云杰。在姜家屯，祁致中见到了夏云杰，他们进行了长时间交谈。接着，汤原县委在三甲北宋家大院举办党训班，让祁致中参加。最后县委研究决定，吸收祁致中入党，批准祁致中为中共正式党员。之后汤原中心县委又与汤原游击总队协商，决定抽调金正国、李学忠、杨子岐等三名党员干部到祁致中队伍里做政治工作，同时建议祁致中要注意后方基地建设，建立被服厂、医院、学校和修械所等设施。

1936 年 5 月 20 日，在依兰县第三区，祁致中队伍和其他几支抗日队伍正式改编成中国共产党领导下的东北抗日联合军独立师，祁致中任师长，下面有 7 个团和 1 个游击队，总兵力 400 人。独立师在兄弟部队的帮助下，加强了党的领导和政治思想工作，整顿了部队纪律，部队战斗力有了很大提高。

师长祁致中除积极与抗联各军建立联系之外，派其第一旅留守依兰、桦川地区，保卫后方密营，派第二、第三旅进入富锦、宝清地区开辟新游击区。

1936 年秋，独立师第一旅在依兰东来才河一带活动时，与伪军 200 余人相遇，激战至天黑。夜晚，乘敌人惶惶不安之际，袭击了敌人，在猛烈战斗和一定的政治攻势下，敌人走投无路，纷纷缴械投降。此役毙敌 20 余人，俘 170 余人，缴获枪百余支。

1937 年 3 月，第一旅张建国旅长带 70 余人，在依兰第三区铁岭山与 50 余名日军展开战斗，取得胜利。5 月，第一旅在依兰县榆树沟与日军一部作战。6 月，在洼洪河与日军激战。7 月，在李生屯给敌人以打击，夏末又在孟家岗袭击了敌人的 4 辆运输汽车，毙敌 10 余人，缴获甚丰。8 月下旬，第一旅骑兵 90 余，协同抗联第八军三师骑兵一部，在桦川县孟家岗，诱 700 余名敌骑兵队出动，追至五道岗时，我第五军三师八、九团在南北山截住敌人，从上午 11 点战至下午 4 点，歼敌 370 余人，缴获步枪 260 余支。后来日军从佳木斯调来重兵“讨伐”，出动了飞机、坦克，独立师被迫撤出战斗，分散活动。

在坚持对敌斗争的同时，为了支援前方部队作战，独立师很重视后方基地的建设，抽出部分人员在桦川县笔架山南、双鸭山西建立了被服厂和军政学校，在七星砬子山里筹建修械工厂。七星砬子成为抗日联军的重要后方基地，我们师的修械所逐渐扩大为兵工厂，不久又发展成联军的兵工厂。

时间久了，敌人发现七星砬子山里有我军密营，便加紧进行破坏。由于叛徒告密，1937 年秋天，驻守集贤镇的日伪军 400 余人向七星砬子进犯，独立师守卫部队与敌人展开激烈战斗。为了不让敌人得到机器设备，工人将机器拆开埋藏起来，转移到另一个地方。战斗结束后，工人又把机器安装好，恢复生产。由于敌人的不断进攻破坏和强化法西斯统治，兵工厂工人的生活很困难，无法继续生产，就把机器、工具和原料埋藏起来，继续坚持密营生活。1938 年 2 月，敌人对七星砬子兵工厂又发动新的进攻，上千名敌人从兵工厂后山道进来，护厂战士与工人同敌人进行英勇的战斗，残暴的敌人最后竟施放了毒气，共产党员胡志刚等几十名同志，一直战斗到最后，为人民的解放事业流尽了最后一滴血。

1937 年 4 月初，北满省委派人来到独立师，加强了独立师的建设，部队很快走向正规发展的道路。独立师在战斗中发展壮大，逐渐成为有 1500 多人的抗日力量，部队中的各级干部也基本配齐。1937 年 10 月间，独立师正式改编成东北抗日联军第十一军。军长祁致中，政治部主任金正国，军部下辖 1 个师，师下辖 3 个旅。第十一军编成后，部队仍分散活动。当年 11 月上旬，日军冬季“大讨伐”时，第十一军桦川县七星砬子山里的密营遭严重破坏。第二旅在富锦集贤镇东部活动，在一次与日伪遭遇战斗中，旅长胡文权英勇牺牲。第三旅在富锦县几个地方与敌人交锋后，被迫撤入别拉音子山临时基地。这年冬天，由于敌人的残酷“讨伐”，加上特务破坏，使我军遭受很大损失。

为解决部队弹药缺乏问题，祁军长单独过境到苏联求援，后来被苏军关押，导致长期未归。这时领导第十一军的重任落在第一师代师长李景荫的肩上，在敌情严峻、干部缺乏的情况下，李景荫大胆指挥，率领各部继续坚持斗争。

1939 年 7 月，祁军长被释放回国，到东北后立即投入战斗，率部袭击了乌拉嘎金矿矿警队获胜。在这次战斗之后，祁军长不幸被错杀，时年 26 岁，他为中国人民的解放事业献出了最后的忠诚。

抗联第一路军在东南满*

董崇彬

1935年，我参加了东北人民革命军第二军的队伍。后抗联第一、第二军合编成为东北抗日联军第一路军并成立总司令部，杨靖宇任总司令兼政治委员，王德泰任副总司令，魏拯民任政治部主任。第一军辖第一、二、三师，第二军辖第四、五、六师。改编完后，杨靖宇总司令率军部教导团离开河里南进，途中与日伪军发生数次战斗。8月4日，杨靖宇率部在通化四道江大拐弯子附近设伏，痛击了伪军邵本良部，共毙伤敌50多人。9月，第一军军部和直属部队联合抗日义勇军，先是攻袭了宽甸县东部的大荒沟镇，后又在该县错草沟伏击日军的运输队。这几次战斗，消灭了许多日伪军官兵，缴获了大量武器弹药和棉布、胶鞋等物资。同时，抗联第一军将活跃在宽甸、桓仁一带的抗日义勇军分别改编为

---

* 本文原标题为《奋战在东南满的抗联第一路军》，收录时做了适当修改。

第一军第十一、第十三独立师和游击大队。

抗联第二军自 1936 年 7 月以后，部队发展很快，军部设置了警卫团、少年营。这时，第二军的 3 个师都分别扩编或增加了人员。第四师下辖 3 个团，第五师下辖 3 个团，第六师下辖 4 个团。我所在的第四师一团团长是崔贤。当时，团没有营的建制，每团直辖 3 个连，各连设排、班，但人数不多，开始时每连有百十人。第二军在第一路军副总司令王德泰、政治部主任魏拯民率领下，于抚松、临江、长白等县积极开展游击战争，不断打击日伪军，支援和配合第一军主力部队向辽西进行远征。

抗联第一路军成立后，第一、第二军密切配合、积极作战，消灭了敌人大批有生力量。第一路军兵力不断得到发展，抗日游击根据地不断得到扩大，极大地鼓舞了群众的抗日斗志，沉重地打击了日伪在东南满的反动统治。

1936 年 10 月，日本侵略者调集兵力对东边道北部九县分区域进行残酷的“大讨伐”。面对严峻形势，第一路军采取机动灵活的游击战术，展开反“讨伐”斗争。第三师继第一师首次西征失败后，继续向辽西远征，以配合红军东征抗日，打通与党中央和关内红军的联系；第二、四、六师在抚松、长白、临江等地区与敌周旋，配合第三师西征；第五师仍在绥宁地区与抗联第五军相配合打击敌人。同时，还在许多地方的深山密林修筑了密营，储备给养，做好冬季的物资准备，以保证反“讨伐”战斗的胜利。

1936 年秋，第一路军第二、四、六师在战斗中掌握主动，巧妙与敌人周旋，取得了许多战斗胜利，有力地配合了西征部队作战。10 月 10 日，第四师 200 余人在安图县东清沟击毙了伪军混成第七旅数十人，使敌人在“讨伐”一开始就遭到沉重打击。11 月初，王德泰率军部和第四师主力拔掉临江大阳岔沟伪军据点，迫使伪军 2 个连投降。同月下旬，王德泰率第四师及第六师一部到达濛江县小汤河，当遭到敌 500 余人偷袭宿营地时，王德泰沉着指挥部队进行反击，经过激烈战斗，敌人被迫南逃。这次战斗，毙伤伪军团长以下 40 余人，俘虏 10 人，缴获枪 30 余支、子弹 5000 余发。王德泰在战斗中不幸牺牲。

王德泰牺牲后，魏拯民承担了指挥第二、四、六师的全部重任，他立即率领部队再次向临江转移。12 月，抗联第二军在临江、长白县境内连续给予敌人以沉重打击后，敌人急忙调集兵力，大举向长白县进攻，妄图将第二军压缩在长白县内实行聚歼。第二军除留下部分兵力在长白县坚持斗争外，主力即向抚松转移，很快就跳出了敌人的包围圈。

1937 年 3 月底，第一军第二师和第二军第四、第六师领导在抚松县杨木顶子密营举行会议，做出了分兵游击，粉碎敌人春季“讨伐”的决定。第二师先在临江活动，逐渐奔向长白；第四师向安图、和龙挺进，再回长白；第六师由抚松直奔长白，继续坚持长白山区游击战争。

杨木顶子会议之后，第四师在政治委员周树东率领下，从抚松东岗出发，到安图一带活动。部队在敦化市寒葱岭一带和敌人打了一仗，俘虏了一些敌人，得了些战利品。4 月初，在安图县荒沟岭北部公路上，截击了敌军运输车队，缴获了大批物资。敌人调集兵力，对我们围追堵截，足足打了一天。我们转到安图县车厂子，而后过升平岭向安图县的密营地老金厂进发。

4 月 24 日，第四师前进到离老金厂不远的大沙河东北沟，突然与伪军遭遇。战斗中，第四师政治委员周树东不幸英勇牺牲。我军猛烈反击，不到一个小时，全歼了这支反动武装 100 余人。而后，第四师参谋长朴德范指挥全师行动，进入和龙县，经多次战斗后又向长白县挺进。1937 年端午节这天，我们和第六师在长白境内会师了。6 月 30 日，以第四师为主力，第二、第六师相配合，在十三道沟间山峰，利用有利地势，伏击了日伪军一部。这次战斗，极大地提高了抗日联军的威望。之后，我们又转移到桦甸、磐石一带活动。自从杨木顶子会议以来，第一路军第二、四、六师密切配合，转战长白山区，进行了大小数十次战斗，消灭了敌人的大批有生力量，取得了反对敌人春季“讨伐”的胜利。

1937 年七七事变以后，为了有效地牵制日军入关作战，第一路军各部队密切配合，奋勇出击，在东南满积极开展游击战争，有力地打击了敌人。杨靖宇率军部直属部队继续在兴安、桓仁、宽甸、本溪等地开展游击活动；第三师转战于清原、开原、东丰、西丰和抚顺、沈阳东郊地区；魏拯民率领第二军在额穆、辉南、濛江、抚松、桦甸等地斗争，屡创敌军。由于抗联第一、第二军积极配合作战，有力地打击和牵制了日伪军，使东南满地区的抗日斗争成为日伪统治者的“心腹之患”。

日伪军对抗日游击区疯狂进攻，残酷地推行“三光”政策，使抗日游击区不断缩小，抗联部队损失也很大。1938年2月，杨靖宇率领军部和教导团由桓仁转移到辉安老岭地区，以袭击敌人通化至辑安铁路工程为重点，与敌人进行了多次战斗。特别是袭击老岭隧道工程现场的战斗，使敌人遭受到政治、军事、经济上的沉重打击。随后，抗联第一军派出干部战士到老岭山区开辟了抗日游击区，广大抗日群众热情支援抗联，第一路军军部直属部队以老岭山脉为依托，广泛开展游击战争，到处打击敌人。

1938年春，我们第二军四师部队在辑安、桦甸、蛟河一带分散进行活动，曾在蛟河县黑瞎子沟附近夜袭敌人宿营地，毙敌近百名，并缴获了一批武器弹药，补充了部队的装备。这段时期里，第二军教导团和独立旅在金川、濛江，第五师在宁安、敦化，第六师在濛江、临江、敦化等地，不断袭扰打击敌人。同年5月，魏拯民率领第二军教导团、独立旅一部，在老岭山区五道沟，与杨靖宇部队会师。5月11日至6月初，中共南满省委和抗联第一路军总部在五道沟抗联密营召开了第一次“老岭会议”。这次会议决定再次组织西征。但到了7月中旬，突然出现了不利情况，于是又取消了西征计划，留部分部队在辑安老岭山区坚持战斗，牵制敌军；主力则向金川县河里地区转移。同时，撤销第一、第二军番号，将部队编成三个军和一个警卫旅。1938 年八九月间，第一路军各部队按规定的活动方向进行转移，并在各自活动区域主动出击，打击敌人。

1939 年春节前夕，第二军四师崔贤部与杨靖宇率领的总指挥部警卫旅、少年铁血队会师。这一年的三四月间，我们在杨靖宇司令员亲自指挥下，先在桦甸县进行了攻打木箕河林场战斗、八道河子战斗，后在敦化县两次攻袭了大蒲柴河镇和袭击浪柴河敌据点。这些战斗都取得了很大胜利，给敌人以严重打击，使敌人防不胜防。同年 5 月，我们第二军四师与杨靖宇率领的部队分开活动。6 月，第一路军副司令员魏拯民和第四师部队一同来到敦化县。6 月 5 日，袭击敦化县寒葱沟敌据点。11 月，在敦化西北岔北方与日伪军“讨伐队”交战，使敌人死伤惨重。随又转至敦化、安图、延吉等县进行游击活动。我们转移到延吉的老金厂、老头沟一带以后，打了几仗，又回到敦化南的牛心顶子。这时，我从第一团调到师警卫连担任连长。

1939 年 7 月末，抗联第二军第四、第五师在敦化汉阳沟合编为第一路军第三方面军，陈翰章任指挥，下辖 3 个团和 1 个警卫连，共有 300 余人。我仍是警卫连连长。

第三方面军成立以后，在魏拯民、陈翰章率领下转战于安图、敦化、宁安、额穆等地。8 月 23 日至 27 日，第三方面军发起攻打安图县大沙河镇战斗，接连三次的攻击战和阻击战，共毙伤俘敌军警四五百人，缴获轻机枪 7 挺、步枪 300 余支，烧毁敌军汽车 8 辆，取得了重大战果。大沙河一仗打得很艰苦，我们也付出了很大的代价，副指挥侯国忠在战斗中光荣牺牲。我们警卫连全连五六十人，打完仗只剩下十几个人了，我和指导员柳三孙都负了伤。9 月，第三方面军向敦化的寒葱岭转移，时值日军松岛部队前往蒲柴河一带“讨伐”。9 月 25 日，第三方面军在敦化县高海楼店伏击了敌松岛“讨伐”部队，击毙日军队长松岛以下 80 多人，烧毁汽车 8 辆，缴获轻重机枪 3 挺、步枪 100 余支、子弹 6000 多发和许多粮食、服装等军需物资。

1939 年秋，日本侵略者为实现其消灭第一路军的企图，将进攻的矛头转向东南满抗日游击区，调集重兵进行联合“大讨伐”，使东南满抗日斗争形势日趋恶化，抗日游击区域不断缩小。最后，抗联第一路军被迫进入东部地区的森林地带，陷入异常困苦的境地。

第一路军各部队在反“讨伐”斗争中，采取夜袭、伏击、迂回等游击战术，取得了一些战斗的胜利。但进入冬季以后，抗联战士因为严重缺少御寒衣物和粮食，经常冒着严寒与敌人进行连续搏杀，战斗极为残酷激烈。许多抗联将士在频繁战斗和饥寒交迫的险恶环境中壮烈牺牲，至 1939 年底，第一路军已不足千人。

自 1940 年初开始，杨靖宇率部进入濛江县活动，敌人即调集大批兵力进行围追阻截，展开了疯狂的“围剿”。后杨靖宇率队在濛江和辉南之间的山区与敌人周旋50余天，战斗达30多次，所率部队大量减员。2月23日，杨靖宇只身来到濛江县保安村三道崴子，敌人跟踪而至，将三道崴子密林层层包围。杨靖宇在数日粒米未进、饥寒交迫、身体极度虚弱、左腕负伤的情况下，坚强不屈，继续向敌人猛烈射击，最后壮烈牺牲。后来，凶狠残暴的敌人割下了杨靖宇的头颅，解剖了他的遗体，发现在他的胃里竟连一粒粮食也没有，只有树皮、草根和棉絮。让现场的日军人员感到十分惊讶，不禁为之感慨和敬仰。

3月中旬，魏拯民在桦甸县头道溜河主持召开了中共南满省委扩大会议，对抗联第一路军今后的活动做了重要部署。会后，第一路军在副司令员魏拯民的指挥下，在长白山区艰苦转战，与日伪军进行着不屈不挠的顽强斗争。此时，敌人在东南满地区的统治越来越残酷，对付抗联的手段也更加阴险毒辣了。不仅强行“归屯并户”，还实行“三光”政策和“篦梳”战术。第一路军的许多密营都遭到敌人的破坏，部队频繁作战和连续行军不能休整，粮食和药品等物资得不到补充，几乎到了无法生存的地步。

1940年春天，第三方面军在打下明月镇以后，为了摆脱敌人的前堵后追，部队兵分两路开展活动。陈翰章率领一部分活动于敦化县，后与第二路军第五军二师一部会合，于五六月远征到达五常县活动。其间，曾多次与敌人发生战斗。另一部分第一、第三、第十四、第十五团活动于延吉、东宁一带，后转移到汪清县攻打了鸡冠砬子和老母猪河等“集团部落”。5 月 5 日，袭击了天桥岭、大甸子，然后突出包围圈，在东宁一带活动。

6、7 月间，第一路军警卫旅一部分在旅长朴德范率领下，在东宁片底子地方与第三路军安吉率领的部队和季青率领的第二路军一部会合，随后回师南满寻找第一路军总部。我们在西进途中，于 9 月间来到汪清县的天桥岭，被敌重兵层层包围。我们左冲右杀怎么也冲不出去，后来冲到罗子沟，再也冲不出去了。这时，朴德范召集连以上干部开会，决定部队分散突围。突围开始后，我站在山上用望远镜往山下观察，一看别的方向都冲不出去，唯一的出路就是往罗子沟的街里冲，那里敌人防守比较薄弱。等到天黑时，正赶上倾盆大雨，我们比较顺利地冲了出去。在鸡冠砬子，我们顶着大雨又冲破了敌人的第二道防线。

到了夏天，我们只剩下 32 个人了。这 32 名同志是分别冲出敌人的包围圈以后，陆续到指定地点集合的。我们从这里转移到东宁一带，继续进行活动。到了冬天，我们这部分队伍越过边境到苏联去了。至 1941 年 1 月，东北抗日联军第一路军总部警卫旅及第二方面军、第三方面军余部共 200 余人也先后撤退到苏联境内整训。

抗联第二路军的艰苦西征

季　青

1938 年的4 月下旬，东北抗日联军第二路军总指挥周保中同志从饶河回到宝清。他首先向第五军和第九军干部了解敌我情况，到5 月初，又召集第五军和第四军的领导干部讨论西征问题。

周保中同志从 1936 年冬到 1937 年冬，共三次提出了西征问题。西征是第二路军一次大的战略转移，是粉碎敌人“讨伐”计划的实际行动。按当时的具体情况来说，西征是必要的，也是适时的。

第二路军西征分两路进军：一路以第四、第五军骑兵部队主力，会合第二军五师骑兵部队，组成 300 多人的西路部队，在刁翎地区集结后，渡过牡丹江，跨过西大岭，沿中东铁路活动。其主要任务是解决给养，进攻苇河县街，建立临时后方基地，然后进军五常、榆树、舒兰，再向吉敦铁路沿线伸展，破坏交通，进而西去与南满的抗联第一路军取得联系。

另一路以第四、第五军和第二军五师步兵为主力，组成东路部队。经由五河林或穆棱、磨刀石越过中东铁路，进入绥芬镇，对该镇实施强行袭取。以后，除留守绥芬大甸子一部分必要的队伍建立后方基地外，迅速转入宁安，开展宁安东南和西南老区的活动，破坏集团部落，攻袭交通线、小城镇，恢复东老爷岭地区的游击根据地，然后将主力适当地分布于宁安、汪清、珲春、东宁等县进行游击活动。东西两路部队，以镜泊湖的南湖头为枢纽，隔牡丹江、西老爷岭呼应联络，保持密切联系。

1938 年 5 月 31 日，西征部队踏上了征程，经过六天多的艰苦跋涉，终于越过了完达山脉，进入勃利县境。这里敌情比较紧张，部队经常遭到敌人的尾追和暗袭。原计划在勃利县活动一个时期，因敌情紧张，步骑兵集合到一起之后，向穆棱县前进。队伍到达穆棱县的萝卜窖又分兵，在杨木背、洞河站等地得到许多给养，准备继续前进时却遭敌人暗袭，损失战马 20 多匹。

部队出发去五河林，李延平、王光宇在阮家果营与第二军五师陈翰章师长接上头，始知该师已开始西征，并得知道南敌情较紧，牡丹江地区的第五军一师尚未出发。根据这些情况，他们重新做了部署，将步、骑兵分为两路：一路去刁翎地区找第五军军部和第一师；骑兵入五河林，试探前进。当他们向西北山转移时，遭到敌人的前堵后追，处境十分危险。不得已退回林口县，袭击和破坏了车龙岗大屯，解决了给养马匹，并获得30多门“洋炮”。部队撤到一个叫“山东会”的地方，刚停下来休息，敌人随后追了上来，激战中，我方牺牲4人，损失马20匹。部队行至马当沟又与敌人遭遇，牺牲2人，第四军六团政委牺牲。当他们来到刁翎地区，已是6月下旬了。第五军一师及其他联军部队，被敌人发现了行踪，敌人出动大批兵力进行“大讨伐”，把到达刁翎地区的西征部队逼迫到牡丹江西岸无人烟地带。

在这种形势下，我军不得不改变原来西征计划。6月29日，在牡丹江东岸的莲花泡召开了第四、第五军的干部会议，经讨论认为原计划已经行不通了，于是放弃了南下行动，集中兵力西进。

按照计划，7月2日西征部队发起了对三道通的攻击，虽突破了敌人防线，得到部分给养补充，但没有达到消灭敌人夺取枪支的目的。然后，部队由四道河子出发，翻越老爷岭，经过150多公里无人烟的高山密林地带，于7月8日到达楼山镇北山中。经过侦察，楼山镇的敌人并没有察觉我军的行动，于是决定攻打楼山镇。次日拂晓，我军以出敌不意的迅猛行动，顺利地攻占了楼山镇。这次战斗，除击毙敌人一部外，还俘敌40余人，缴获甚多。

楼山镇战斗后，第五军军长柴世荣率领第五军教导团和救国军部队返回刁翎地区活动；第五军一师南向中东铁路前进，准备会合第二军五师后，再行西进；第四军主力和第五军二师360余人在李延平、宋一夫带领下继续向五常西进。

第四军主力和第五军二师前进中，因地理情况不熟，误入延寿县境内，经常发生战斗。最激烈的战斗是荒沟反击战，打死日伪军30余名。到7月末过蚂蚁河，进入苇河县境时，遇到第五军一师，他们也是误入苇河，于是决定会师一起西进。

西征部队从楼山镇战斗后，环境更加险恶，给养非常困难，一直是在敌人强大兵力的包围、追击下顽强战斗。8月初，部队到苇河南沟受敌“讨伐”大队的追击，虽打死打伤40多名敌人，但我方伤亡掉队的很多。“八女投江”就在这个时候发生的。这时，第四军军长李延平、副军长王光宇等许多优秀指挥员和战斗员相继牺牲，第四军西征部队全部溃败；第五军西征部队也遭受严重损失。在这种极端艰难困苦的战斗环境中，第五军西征部队的领导陶净非同志，坚定不移地领导着剩余部队，冲破敌人的重兵堵截，一举突入五常县境内，仍按原计划前进。

陶净非率部进入宁安县，在海浪河与第一师二团曲玉山团长所带的九个人会合。他们到额穆县后，又与第二军五师陈翰章取得了联系，并在一起活动，在沙河沿度过了1938年这个艰苦的冬天。陶净非为了找到第一路军总部，1939年初便向安图出发，后又向敦化转移，终于在敦化县的大蒲柴河找到了第一路军副总司令魏拯民。

在魏拯民同志的直接领导下，陶净非率领的第二路军西征人员，同第一路军第三方面军的同志一起，在敦化、安图、额穆、五常、舒兰等地活动，到 1940 年上半年，队伍曾恢复到 130 多人。这年 8 月，陶净非率队东归，一路上屡遭敌人袭击。年末，只剩几个人，回到了第五军军部。

抗联第二路军的西征虽然失败了，但是终于达到了与第一路军取得联系的目的。特别是陶净非领导的这一支西征部队，在特别艰苦的环境中坚持战斗近三年之久，始终没有被敌人消灭。西征部队所到之处，除了给敌人以打击外，也向广大群众宣传了抗日救国的道理，使人民群众又一次看到了光复祖国的希望。

北满抗联西北远征[*]

陈　雷

1937 年卢沟桥事变后，东北抗日联军为配合全国抗战频繁出击，到处骚扰和打击日伪统治者，成为日伪巩固侵华战争后方基地的心腹之患。因此，日寇更加紧了对东北抗日联军的“讨伐”和“围剿”。这时，东北抗日联军除第一、第二军外，其他九个军的大部分队伍都被敌人压缩到了北满的下江一带。

从 1937 年冬起，日军的“讨伐”重点由东南满地区移向伪三江省，妄图将在这一带活动的北满抗联部队“聚而歼之”。由于日伪军的疯狂“围剿”，北满抗联第三、第六、第九、第十一各军大量减员，地方党组织和群众抗日团体也屡遭破坏，部队的处境十分危险。

1937 年抗联第三、第六军部队为了摆脱在下江的困境，

---

* 本文原标题为《回忆北满抗联部队的西北远征》，收录时做了适当修改。

曾举行过一次西征，部队到达海伦一带，由于连续受挫，不得不退回汤原和巴木通一带。在敌人缩紧下江包围圈的危险形势下，中共北满临时省委于1938年五六月间召开了两次常委会，研究对策。经过认真研究，做出了组织北满抗联部队再次向西北海伦地区及龙江腹地远征的决定，以实现在黑嫩平原开展游击战争的目的。

西征分三批进行。第一批远征部队有两支：一支由第六军教导队一部、二师十一团及一师六团共300余人，由第六军参谋长冯治纲、二师师长张传福指挥。另一支由第六军政治保卫师和第九军二师组成，共150余人，指挥员是第九军政治部主任魏长魁、第三军政治保卫师师长常有钧和第九军二师师长郭铁坚。

1938年8月上旬，第六军组成的首批远征队在萝北县梧桐河畔的老等山集中。我以第六军军部组织科长的身份到第二师负责政治工作。部队行至浩良河东南的黄花岗，一举消灭了驻该地的四五十名伪军，缴获了几十支长短枪和部分马匹，部队全部变为骑兵。第三天又偷袭鹤岗，解决了西征途中的给养问题。8月23日，部队行至汤原县黑金河西沟，在岔口宿营。半夜时，百余名伪军“讨伐队”偷偷地摸到我宿营地，向我军发起了突然袭击。战斗打得相当激烈，第二师师长张传福在指挥战斗中负了重伤，但他仍忍痛指挥战斗。经过激烈的交战，队伍终于冲出了敌围，到达了安全地带。我的肩头锁骨被敌人的子弹打中负伤。战士们抬着张师长前进，但因伤势过重，流血过多，走了不到三里地张师长就牺牲了。这次战斗，有七名战士牺牲，损失了一些给养，大部分马匹失散，给远征带来了很大的困难。但是，抗联战士并没有丧失前进信心，经过一个多月的艰苦行军，越过小兴安岭，终于到达海伦县东部的八道林子，与第三军张光迪所率部队会合，胜利地完成了西征的任务。

第一批西征部队的另一支队伍——在依兰东部活动的第三、九军，也根据中共北满临时省委的指示准备远征。但这时第九军军长李华堂带领部分队伍潜入深山躲了起来，拒绝参加这次重要行动。在这种情况下，第九军政治部主任魏长魁和该军第二师师长郭铁坚只好率第四、第五团与第三军常有钧所率的政治保卫师一起进行远征。这支队伍从依兰出发后，渡过松花江西行，在通河县的小古洞等集中了给养，继续西进。当行至苇子沟时，突遭敌人袭击。魏长魁和郭铁坚指挥部队且战且走，魏长魁不幸被流弹击中负重伤掉队，但他仍坚持爬行数里之遥，最后终于支持不住，便将随身携带的文件全部焚毁，自刎牺牲。以后，部队在常有钧、郭铁坚的率领下沿庆城、铁力山继续西进。不久，他们在铁力县桃山附近渡过呼兰河。但是，当部队到达庆城县的九龙岗时突遭敌人包围，常有钧和郭铁坚指挥部队奋力突围。由于战斗异常激烈，加之天黑难以联系，常有钧和郭铁坚失去了联系，两人各带部队突围。常有钧率政治保卫师及第九军二师四团部分队伍经过艰难行军，于9 月下旬到达海伦与第三军六师会师。郭铁坚在九龙岗突围后找不到常有钧，只好带领80余名战士继续西行。队伍到达绥棱时，郭铁坚率领的这支队伍只剩下20余人。但是，他们仍以顽强的意志继续向海伦前进。1938年11月，队伍经四海店终于到达海伦县八道林子，与王明贵所部会师。

第二批远征的部队是由第三军三师、第六军三师八团和第六军二师十二团及第六军四师部队组成的，共300余人，由第三军四师政治部主任金策和第六军三师师长王明贵、第三军三师政治部主任侯启刚指挥。1938年8月7日，金策与侯启刚以及第三军三师七团团长张凤岐等70余人从宝清出发，渡过松花江，到达萝北县梧桐河沿岸，与在这里活动的王明贵所部会合。9月7日，西征部队从萝北县老等山出发，踏上征途。此时正值雨季，阴雨连绵，河水泛滥，行军十分困难。行军途中，部队袭击了鹤立县的王傻子屯，消灭了当地的自卫团，缴枪30余支，并在群众的帮助下，补充了给养。随后，部队继续西进，当行至黑河畔时，伪汤原县治安队携200余骑兵尾追而来。这时，部队决定避敌主力，绕道前进，只留少数机枪手在石场沟阻击敌人。敌人果然中计，在石场沟被我打得狼狈不堪。当敌人再次组织进攻时，远征部队早已把敌人甩在了后边。部队行至老钱柜时，金策为缩小目标，也便于解决给养，决定第三、第六军分兵前进。于是，侯启刚率第三军三师百余名骑兵沿铁力、庆城前进，金策、王明贵率第三军四师、第六军三师向通北、海伦方向进军。两支队伍于 10 月 8 日同时到达海伦县白马石，与首批远征部队会合。

两支西征部队到海伦与张光迪部会合以后，中共北满临时省委将张光迪所部第三军六师改编为第三军三师，由许亨植任师长，张光迪任副师长。10 月 9 日，各部队领导人召开会议，根据北满临时省委的部署，除将部分队伍派往铁力、通北以及海伦开展游击活动外，又开始组织队伍进行北征。第一支北征部队是由第三军三师政治部主任常有钧和第六军二师参谋长韩铁汉率领，向通北前进，目的是开辟通北、北安、克山、讷河游击区。但在这支队伍行至通北柳毛沟时，韩铁汉和副官李歪嘴突然叛变，枪杀了常有钧同志，把部队裹胁出去，后来这支队伍大部分被追回，少数溃散了。随之金策又组织了一支队伍继续北征。第二批北征队伍是由第三军三师八团和第六军一师六团 150 余人组成，由张光迪和陈雷率领，以德都五大连池、讷河、嫩江为目标继续远征，其目的是先在德都至五大连池一带建立游击站，之后再继续向嫩江平原前进，并力图打通与热河一带八路军的联系。

为了加强北征部队的领导，中共北满临时省委常委、抗联第三军政治部主任金策于 10 月 15 日主持召开了远征部队领导干部联席会议，研究制订了在黑嫩平原开展游击活动的计划。会议决定由第三军三师师长许亨植负责筹备组建“西北临时指挥部”，以加强对远征部队的统一领导和指挥。会议还决定从第三、第六军中抽调一些干部，经短期训练后，派往讷河、绥化、庆城、肇州等地开辟群众工作，建立地方党组织，发动群众的抗日活动。

第三批西征部队是由第六军教导队、第十一军一师共100余人组成，指挥员是北满抗联总政治部主任张寿篯、第十一军一师师长李景荫。部队于12月18日跨过汤旺河到达伊春河口，然后沿伊春河西行，穿过小兴安岭的冰雪密林，于12月29日到达海伦八道林子与第二批西征部队会合。

远征到达海伦的北满抗联各部队分散在各地作战。为了加强统一领导和指挥，远征部队统一编成第一、第二、第三、第四支队和第一、第二独立师。各部改编之后，一面加强部队的政治工作，一面大力开展群众工作，部队的面貌为之一新，使北满抗联部队在黑嫩平原逐步站稳了脚跟，为开辟新区的抗日斗争奠定了基础。

北满抗联部队胜利完成西北远征的任务后，黑嫩平原的抗日游击活动逐步开展起来。中共北满临时省委召开会议，决定将北满临时省委正式改为中共北满省委；任命许亨植为第三军军长，张寿篯为第六军军长；以第三、第六、第九、第十一军为基础，组建东北抗日联军第三路军及总指挥部。

1939年5月30日，东北抗日联军第三路军及总指挥部成立，总指挥张寿篯，总参谋长许亨植。第三路军成立后，使北满抗联各军在军事上统一指挥，队伍更加巩固，并与第一、二路军遥相呼应，形成掎角之势。在之后的半年多时间里，第三路军频繁出击，积极活动，开展了黑嫩平原的游击战争，取得了一系列的胜利。在多次战斗中，缴获各种枪支500余支，其中有轻机枪5挺、重机枪1挺；攻城袭镇七八处，破坏火车站3个；消灭日伪军250余名。在游击活动中，抗联部队得到了人民群众的积极支持，发展队员近200名。抗联部队的一系列胜利，打破了日伪统治者企图在平原地区彻底消灭抗日联军的阴谋，使我军在黑嫩平原声威大震，大大鼓舞了人民群众的抗日斗志，同时也为1940年黑嫩平原游击战争的进一步开展打下了基础。

但是，由于敌人的优势兵力和恶劣的自然环境，造成给养、弹药等等许多困难，在频繁激烈的战斗中，部队的损失也是相当严重的，特别是一些高中级指挥员在战斗中牺牲。到1940年初，第三路军仅剩500余人，后改编为第三、第六、第九、第十二支队。从此，北满抗联部队的抗日斗争进入了新的阶段。

战斗在黑嫩地区*

王明贵

东北抗日联军第三路军第三支队是以东北抗日联军第六军西征部队为主体，与抗联第三、第九、第十一军部分西征队混编的一支战斗队伍。在中国共产党的领导下，第三支队在松嫩平原、黑嫩地区与群众相结合产生的强大抗日洪流，震撼了当地日伪的反动统治。

1940 年 4 月，东北抗日联军第三路军总指挥部，在嫩江支流木沟河畔，召开了军政领导干部会议。这次会议传达了“伯力会议”提出的中国共产党在东北的任务，即必须加强对东北抗日武装的领导，恢复和重建各地党组织，大力开展抗日救国运动等。特别是冯仲云从苏联带回的《论持久战》等毛主席著作，使第三路军全体指战员受到了很大的教育和鼓舞，全体指战员精神振奋，纷纷表示不论前进路上有多大

---

* 本文原标题为《活动在黑嫩地区的抗联第三路军三支队》，收录时做了适当修改。

困难，坚决抗战到底不动摇，不断扩大反日力量打击敌人，争取全国抗日战争的最后胜利。

后来，第三路军原第三、第六、第九、第十一军番号撤销，西征部队编为第三、第六、第九、第十二支队。我为第三支队支队长，支队下属教导队和第七、第八大队，全员150至200名。第三支队奔赴讷河、克山、嫩江、德都等县开辟抗日游击区，以朝阳山为后方基地。据侦察得知，在克山县境内的北兴镇，有一伙流氓、罪犯、大烟鬼组成的警察“讨伐队”，以其射击准、马术好、道路熟、武器精的有利条件，专与我军为敌。

我们第三支队决定以调虎离山计将其斩草除根，除掉开辟黑嫩地区抗日游击区的拦路虎。我们的作战计划是，先到北安县赵家店隐蔽，后到德都县十三号屯召集群众开会，大张旗鼓地揭露日本帝国主义侵华的滔天罪行，有意暴露目标，引虎入山。政治委员赵敬夫在朝阳山做了战斗动员之后，果然北兴镇警察“讨伐队”疯狂地扑向朝阳山，进入了我军伏击阵地。在东岗隐蔽的第八大队看准了敌人先开枪，第七大队也同敌人接了火，打得敌人措手不及，死伤惨重，一片混乱。我军乘机转移了阵地，翻山越岭又埋伏在另一处敌人撤退的必经之路上。在第二次交锋中，警察“讨伐队”变成了惊弓之鸟，很快败下阵地。这一天，我支队与刚刚打完胜仗的原第二支队会师了。然后，两支队伍合并，闪电般袭击了北兴镇警察队留守处，并同时解除了伪警察署和自卫团的武装。此次战斗中缴获了50余支枪、4000余发子弹、20余匹马，全部用于改善部队的装备，战斗力有了增强。

为响应中共北满省委开展“红五月”杀敌竞赛号召，我第三支队从木沟河出发，经老龙门，击溃尾追之敌，跨入讷河、德都、嫩江地区展开游击活动。5月5日，涉过沐泥河，秘密进入沐河屯，一举打垮了嫩江森林警察大队，缴获步枪40余支、子弹400余发、三八式机枪1挺。5月13日，第三支队从嫩江向讷河转移，与伪满军李同“讨伐队”遭遇，在湖山镇展开激战，敌军被驱散，俘敌3名、毙敌12名、伤敌16名，缴三八枪2支、子弹700余发和给养车两辆。战斗结束后部队返回朝阳山后方基地。5月21日，我三支队从朝阳山转到黑嫩公路上的塔溪站与一支伪满军、警察、自卫团联合“讨伐队”发生激战，结果，敌人不堪一击，全部被缴械。5月末，我支队进行了“红五月”杀敌竞赛总结，当月共与日伪军警进行三次战斗，打死打伤敌人29名、俘敌70名，缴轻机枪1挺、手枪4支、步枪60支、战马2匹和一些被服等。第三支队经过“红五月”竞赛的锻炼，政治、军事素质有了很大提高，巩固了党在部队的领导地位，涌现出很多英雄人物，受到中共北满省委的表扬，被评为“红五月”杀敌竞赛第一优胜单位。

同年6月，我第三支队从朝阳山到达讷河境内活动。在南阳岗屯，我与讷河县委宣传部部长方冰玉同志共同分析了嫩江平原敌我斗争形势，决定乘夏季青纱帐起的大好时机，以打击敌人最毒辣的保甲制度为主要目标，相机攻克克山县城。

我第三支队抓住青纱帐茂密季节，隐蔽在讷河、克山之间，发动群众，打击敌伪政权，扰乱敌人后方。8 月 19 日，袭击了讷南镇，捣毁了敌警察署。8 月 24 日，攻入克山县通宽镇。9 月初，接连攻入讷河县九井村、拉哈站和克山县荣家窝堡，当地的敌警察署全部被摧毁。

1940 年 9 月 21 日，我第三支队在克山县侯家屯准备出发打克山时碰到了第九支队。第三路军政治委员冯仲云听了我支队的汇报，决定第三、第九支队共同进攻克山县城，指定我为攻城指挥。9 月 25 日，侦察员高木林按约定时间来到部队，准确地报出了伪军第二十二团已出发去朝阳山进行“讨伐”的重要情报，更加坚定了攻城的决心。黄昏，我军一律穿着伪军服装，前导打着伪军旗帜，扛着枪，迈着整齐的步伐，从城西北角的缺口处进入城内。第九支队占领了伪军第二十二团留守处，第三支队攻进了伪县公署。仅三个小时结束战斗，俘敌 80 余名，缴获迫击炮 4 门，步枪 100 余支，军马 40 余匹，炸毁汽车 3 辆。战后我第三支队迅速撤至城外张发屯，奔赴后方基地朝阳山。

打开克山之后，伪满第三军管区司令部长官即派日伪军 3000 余人，尾追到朝阳山。一天夜晚，枪声炮声炸弹爆炸声震耳欲聋，在敌机狂轰滥炸的险恶形势下，冯仲云召集第

三、第九支队干部会议，制定战斗方案。会上决定第九支队绕道返回南北河的第三路军总指挥部，第三支队过嫩江直插大兴安岭民族杂居地区，开辟阿荣旗、布特哈旗、巴彦旗、甘南县、景星县抗日游击区。我第三支队克服前进路上的艰难险阻，于10月13日在门鲁河边，通过一位老炭窑工人，对前边的霍龙门敌人据点进行了详细侦察，之后发起猛烈进攻。激战90分钟，打死打伤日军6名，俘伪铁路警察20余名，缴步枪120余支，弹药1000余发，军马80余匹，另有毛毯、被服、粮食等战利品。

10月18日，我军与伪满军骑兵吉九部队在布库尔河发生一次激战之后，顺利地进入了巴彦旗。10月31日，我第三支队突然出现在巴彦街附近的巴里考夫、布彦图、付家窝堡，开展了一场深受当地各族人民拥护的抗日救国宣传活动，播下了抗日的火种。在这里，敌人又发现了我们，日本关东军渡纲部队、伪满军孙强部队、陈学部队蜂拥而至。我们以坚强的意志，耐着疲劳，忍饥挨饿，日夜兼程，终于在甘南县广家户甩掉了敌人的尾追。我第三支队本拟深入人口稠密地区发动群众，但11月19日行至蘑菇气、人头砬子、泌里图一带受到了日伪军联合“讨伐队”的阻挡，战斗频繁，不宜打大仗，故决定回师北上。途中，我们摆脱了敌军尾追，在阿荣旗鸡冠山露营时，突遭日军阿苏部队的袭击，政治委员高禹民、中队长刘中学壮烈牺牲。12月，我们回到了后方基地朝阳山，发现后方基地全部遭敌破坏。为了与第三路军总指挥部取得联系，我支队于次年 1 月 26 日进入苏联境内整训。

1941 年 3 月上旬，我第三支队秘密离开了苏境，沿着毛兰河向下游进发，几天之后到达毛兰顶子山。由于大雪封山，我们给养发生危机。3 月 13 日，支队决定去袭击辰清火车站，途中与日军“讨伐队”遭遇，在激战中第七大队大队长白福原、第八大队指导员姚世同英勇牺牲。3 月 25 日，我们袭击了杜德河日本伐木公司，缴获一批粮食和 200 余匹马。4 月，气候渐渐转暖，但长途跋涉行军仍有困难，给养再次告急，4 月 26 日我们终于攻克了北（安）黑（河）铁路线上的辰清火车站。我和政治部主任各自带领一支部队，交替掩护给养车返回毛兰顶子。直到 5 月中旬冰雪融化，我们又在北黑铁路线上的小兴安岭车站，补充了给养，开始向朝阳山急速前进。

6 月 22 日，苏德战争爆发。在这种形势下，我支队加速了向大兴安岭东部地区挺进的步伐。此时，敌人调遣了步骑兵和飞行队约 5000 人的兵力，对我军前堵后追。6 月 23 日深夜，我支队在两名伐木工人的帮助下，向罕达汽金矿发起了进攻，迫使伪矿警队放下武器，并缴获步枪 42 支、子弹 1.5 万发、马 34 匹、伪满洲国币 1.1 万元、黄金 200 克、粮食 5000 公斤。6 月 29 日在一名工人的帮助下，袭击了八站腰站日军与警察联合的“讨伐队”。

7 月 25 日，第三支队胜利地到达了毕拉河鄂伦春族部落。我们同部落佐领盖山进行了亲切交谈，结下了深厚的情谊。盖山表示愿为抗日救国做贡献，同我们结拜为义兄弟，从此毕拉河变成了我支队的后方基地。日本关东军纠集重兵，向以毕拉河为中心的大兴安岭腹地进行“围剿”，我们利用青纱帐，进入甘南县、阿荣旗等平原地区开展游击斗争。

第三支队于 8 月 15 日到达阿荣旗霍尔奇镇，向镇威庄方向开拔，支队决定打击镇威庄的伪政权。在一位农民引导下，按预定计划解除了伪警察署的武装，平原游击首战告捷。这次战斗激发了广大群众的民族觉悟，扩大了我党我军的政治影响，打击了敌人。群众看到敌人的威风打掉了，便奔走相告：“红军又回来了，满洲国的末日快到了！”这时敌人虽然又调动了超过我军十倍以上兵力“进剿”我们，但我军在人民群众的支援下，不仅没有被消灭，反而越战越强。

9 月 2 日，第三支队转移到木奎山。根据群众请求，我们派出 20 名骑兵捣毁了许家围子警察署，为民除了害。9 月 16 日，我们又袭击了宝山镇警察署，全部解除其武装。紧接着，又与刚刚进屯宿营的伪满军“讨伐队”一个连意外地发生战斗，伪军一部分禁不住打击而投降，而另一部则在“中国人不打中国人”的政治攻势下停止了战斗。甘阿平原的乡镇伪政权受我军打击后，几乎处于瘫痪状态。当地伪满政府深感不安，便强令农民割倒高粱等高秆农作物，妄想把我军暴露在平原一举全歼。为使敌人的阴谋破产，我第三支队及时变骑兵为步兵，缩小目标，依托重峦叠嶂的大兴安岭进行游击活动，仅四天时间就先后在骆驼山、霍尔奇、石场沟、王地营子与日军和伪兴安军发生五次激烈战斗。当伪满洲国第三军管区派遣大批兵力疯狂扑来时，我们又回到毕拉河畔。

由于敌人已察觉了我们的行踪，先派特务侦察，后调日军“讨伐”，于是我们不得不改变在毕拉河后方基地越冬的计划，转向500里之外的预定目标。11 月的一个深夜，我第三支队冲入中东路支线26 号车站，捣毁了日本人经营的满铁作业所，俘虏日本警察20 余名，补充了给养，具备了在大兴安岭进行游击作战的条件。

我们根据敌情新的变化，又离开毕拉河后方基地，奔赴扎敦河方向，在人迹罕至的大兴安岭艰难地行进了八天，到达扎敦河。11 月 18 日，以闪电战术成功地解除了伪军 1 个连和伪警察署的全部武装，将负隅顽抗的 20 余名日军官兵全部消灭，之后，又踏上了新的征程。我们又在大兴安岭深山密林中行军半个多月，先后绕过了诺敏河、奎勒河、甘河，12 月 21 日，终于越过伊勒呼里高峰，到达了乌苏门河宝吉金矿。

在这里，支队决定利用该矿的优越条件，进行为期一个月的政治军事训练。从 12 月 24 日开始，支队全力以赴投入了训练活动。通过这次整训，全体指战员更加朝气勃勃、斗志昂扬。在军训结束后，我们高举抗日救国的旗帜，走遍呼玛全县播撒抗日火种。1942 年 1 月 26 日占领吉龙沟复兴金矿之后，又先后攻破宏西利、西乌勒、兴隆沟、会宝沟等金矿。我军所到之处势如破竹，各伪矿警察队均不堪一击。

1 月末，我军行至闹达罕与哈望达之间，突然与日军 150 名“讨伐队”遭遇。在激战中王钧负伤，我带领部队击毙日军少佐一名、士兵若干。这时，各金矿抗日的热情都很高，有很多工人要求参军，我们的队伍已发展到 170 余名，子弹充足，兵强马壮，但我们支队领导考虑到敌人可能会突然袭击和重兵“围剿”，决定率部队返回群众基础较好的嫩江平原进行抗日游击战争。果然不出所料，日本关东军已网罗了2 万余人的“讨伐队”，向第三支队发起了残酷“围剿”。日军、伪兴安骑兵队、伪飞行队等分兵把口堵截，一支黑河伪森林警察队，从北西里金矿跟踪了我们数百里，在库楚河向我发动了突然袭击。我军团结战斗，奋力作战，但始终处于被动状态，伤亡很重，最后在夜幕掩护下被迫转移阵地。在库楚河的一场血战，第三支队百余名指战员英勇牺牲。

我们幸存的战友于 2 月 26 日到达苏联境内。在异国他乡，我们时时想念着生活在水深火热之中的 3000 万东北同胞，决心重整旗鼓，早日返回东北抗日战场。

郭尼屯战斗*

孙智远

1941 年，中国东北的抗日战争进入了艰苦阶段。为了适应斗争形势的需要，根据中共北满省委的指示，抗联第三路军九支队在支队长曹玉奎、政委郭铁坚同志的率领下，从黑龙江德都出发，向大兴安岭东麓沿山一带西征。当时，我在第九支队十五大队当指导员。

7 月 27 日下午，我们第九支队的一部分同志随曹支队长和郭政委来到了嫩江边。为了准确掌握对岸的情况，支队领导命令部队隐蔽在江东岸的柳树丛中观察待命，派出两名侦察员化装到郭尼江口进行侦察。

郭尼江口是这里的交通要道，是郭尼一带人民去讷河、萧家窝棚等地的必经之路，来往行人较多。当我们两名侦察员来到江口时，正碰上萧家窝棚警察分驻所的一个外号叫李

---

* 本文原标题为《郭尼屯战斗前后》，收录时做了适当修改。

扒皮的警长，领着警察在那里盘查、勒索几个过江的平民。李扒皮是当地有名的地痞，当地群众提起他，无不恨之入骨。这时，李扒皮勒索完了几个平民之后，开始对我们两个侦察员进行盘问刁难，妄想从中再捞点油水。我们的侦察员在忍无可忍的情况下，瞅准机会，掏出手枪，李扒皮还没有缓过劲来，已经被捆绑起来，为了除掉这个作恶多端的李扒皮，两名侦察员在他身上捆了一块大石头，连人带石头一齐推入江内。另一个警察马上跪地求饶，为了分化瓦解敌人，经过教育把他释放了。在场群众见此情景，无不拍手称快，一个姓李的渔民主动向侦察员介绍了当地警察分驻所和郭尼屯的地形和江口的情况。

支队领导根据侦察员所得的情况，决定袭击萧家窝棚警察分驻所后再过江。在当天夜里，我们神不知鬼不觉地袭击了萧家窝棚警察分驻所，缴获了一些武器弹药，拔掉了这颗钉子。而后，由那个姓李的渔民摆渡过江，于半夜进入了郭尼屯。

郭尼屯坐落在嫩江中段西岸，东南与讷河的萧家窝棚隔江相望，南与多西浅屯相距只有两公里，背靠山势险峻的老黑山，是一个依山带水的小山村。全屯只有 30 多户人家，其中达斡尔族占多数，汉族只有六七户。这里的人民由于长期受压迫，过着极其悲惨的生活。特别是多西浅这个警察分驻所更是欺压百姓，无恶不作，使当地群众深受其害，民不聊生。由于这个屯和讷河老游击区仅一江之隔，所以当地群众对抗联的革命活动早有耳闻，也不同程度地受到了革命思想的影响。

深夜，我们摆渡过江，悄悄进入郭尼屯的时候，全屯一片寂静，只有一家屋里点着灯火。我们走到房门前，轻轻地叩打着门板说："老乡，我们是抗日联军，请您开开门。"屋里的老乡听说是抗联来了，立刻将门打开，并热情地为我们烧火做饭。清晨，我们向群众宣传了抗联的抗日主张和党的民族政策，他们互相争着给我们送东西，拉着战士到各家去吃饭。

后来，一个绰号叫赵大牛倌的人带着牲口出了屯，正好碰上了伪满巴彦旗自卫团小队长郭通明带着两个便衣路过这里，便告诉他们这里有抗联。郭通明听到这个消息，认为升官发财的机会已到，马上派一个人去巴彦自卫团调兵，自己带着人从山上绕过郭尼屯的西山，直奔多西浅警察分驻所去报告。敌人从郭尼屯西山绕到北山，兵分两路，占据了西南和北面山上的制高点，控制了整个郭尼屯。

午后 1 点多钟，战斗打响了。日军及伪警察首先发起了猛烈的攻击，他们妄图凭借有利地形和密集的火力将我们一举消灭。此时，曹玉奎和郭铁坚清楚地意识到，如果不向外突围，在屯子里打阵地战，一是部队伤亡要增大，二是群众要付出巨大的代价。为了减少部队的伤亡，维护群众的利益，支队领导果断地做出突围决定，我们集中火力向敌人猛烈射击。当第一次冲上半山腰时，受到了敌人的火力阻击，郭铁坚政委双腿负重伤，他咬紧牙关将最后一颗手榴弹投向了敌群，最终因头部中弹而壮烈牺牲。支队长曹玉奎在掩护同志们第二次突围时也身中数弹，当场牺牲。因敌众我寡，我们几次冲锋都没成功。为了保存实力，我带领剩下的同志携带两挺机枪迅速向南转移，过了小河沟，冲出包围圈，进入了沟南沿的高粱地。就这样，在太阳落山的时候，我们撤出战场。

我们13个人拖着疲惫的身子，互相搀扶，艰难地行进着。走着走着发现在路西沙岗子下面有三座马架子，我们走到门前，一个中年男子开门一看，屋外站了十多个人，就想往屋里退。一见这情景，我急忙说："老乡，不要害怕，我们是抗日联军，是打鬼子的。"他听我说是抗日联军，退到门槛里的一条腿又迈了出来，警觉地往路东亮灯的房子望了望，连连摆手，示意让我们小点声说话。

我一人先进了屋，只见一位白发苍苍的老大娘和一个中年妇女坐在炕里，炕沿边坐着一个老大爷，没等我开口说什么，那中年人面带惧怕的神色，很不自然地自我介绍起来："我家姓李，我爸爸和我都不识字，日本人过来后，实行'联保'，非要我当牌长不可……"他还没说完，老大爷就抢着说："别看我儿子当牌长，俺可没当汉奸。"我见他们一家有些害怕，便解释说："老大爷，你们不要害怕，我们抗联也都是穷人，鬼子逼得俺没有活路了，才跟他们干的。我们在这歇一会儿就走，绝不连累你们。"

听我们这么一说，李牌长主动招呼正站在院子里的同志们，他一面往屋子里让，一面和我们唠了起来。听了李牌长的介绍，我们知道这里离警察署只有 300 多米远，一旦被敌人发现，后果是不堪设想的。

为了不被敌人发现，李牌长一家让我们把一名伤员留下来治伤，李牌长给我们带路往外撤离。在李牌长一家的帮助下，我们躲过了敌人的大搜查。

我们辞别了李牌长，按他指点的方向抄小路继续前进。我带领同志们出了高粱地，往北走去，正走着，一股扑鼻的瓜香顺风飘来。我想：有瓜地就有看瓜人，他或许了解这一带敌情。我们走到瓜地边，朦胧中看见一位老大爷正坐在窝棚里。我们悄悄走到老人跟前，小声地问："大爷，你吃晚饭没有?"老人像没有听见似的，把头扭向一边。停了一会儿，没好气地说："白天都叫你们给踏平了，晚上还来找什么?"一听老人对我们误解了，我就又往前凑了凑："大爷，我们是抗日联军……"

听我这么一说，老人高兴极了，提起筐子就要给我们摘瓜。我连忙劝阻说："老大爷，你种点瓜不容易！我们说啥也不能吃啊！"老人家有点生气了："我知道你们抗联有纪律，可今儿个不是到别处啊！我不把你们当外人，你们也别外道。"老人把瓜挨个儿塞到我们手里，提高声音说："你们不吃，那是看不起我。"我们见老人诚心诚意，只好不负他的心意。我们一面吃着瓜，一面听老人给我们说白天发生的情况，说鬼子汉奸在这里吃瓜时直嚷嚷，有嫩江来的，有清河来的，还有讷河来的，据说有好几千人。这一带，凡是庄稼地他们都像篦头发一样篦了一遍。说到这，老人心情沉重地告诉我们："郭尼屯搜得最紧，在那里还抓了三个人。"老人提供的情况，正是我们最需要了解的。听了老人介绍，心里也有了底儿。我想，敌人在郭尼屯方圆30里搜了一天，明天很可能要往外围发展。于是，我们一再向老人致谢后，再次向郭尼屯前进。

第三天，我们转移到郭尼屯北约十里的一个村庄。这时，鬼子已在各主要路口都设上了岗哨，并对重点怀疑的人家门口，撒上草木灰，监视他们活动。如果一村发现了情况，鸣锣为号，各村呼应。根据这些情况，我们决定隐蔽在村东南五六百米处的一片不太显眼的柳树丛里。

果然，天一亮，一阵刺耳的声响从远而近，打破了田野的宁静。我拨开柳丛往西一看，屯西侧的大路上停着十几辆汽车，鬼子、汉奸正从车上往下跳。汽车后面是鬼子的骑兵，已经疏开队形，奔向各路口。不一会儿，鬼子抓来很多老百姓，用刺刀逼着他们，排成一字队形，向我们这边走过来了。同志们手扣扳机，牙咬得咯咯响，大家只有一个念头：和鬼子拼了。

走在最前面的是一个年轻的村民，他高挽着裤腿，出了谷子地，就下到水沟里。小伙子往上一蹿，抓住了沟沿上的柳毛子，恰好露出我们的机枪，一见枪口正对着他，吓得他两眼发直，待在那里一动不动。我的视线一下子和青年人的视线碰到一起了，我低沉有力地说：“我们是抗联，你要是中国人，赶快把鬼子引开。”听了我的话，他从惊愕中清醒过来，装作脚跟没站稳的样子，顺势往沟里一滑，滚进沟里，站起来以后，又用泥乎乎的手往脸上一抹，浑身上下简直成了泥人。随后，他向搜查的人群大声喊道：“这沟里泥又深又臭，根本过不去，快绕道走吧!”他喊声一落，顺水沟往南跑去，搜查的人群也跟着向南走去了。

此时此刻，我不禁回想起郭尼屯突围后的境遇。在这三天里，李牌长一家，看瓜老人，还有刚才引走敌人的小伙子，舍生忘死地掩护和帮助我们，使我们躲过了敌人的一次又一次搜查，有他们真心实意的支持，我们一定能够打败日本侵略者。

三肇地区游击战*

鈕景芳

1940 年初，为了适应斗争需要，中共北满省委决定，将抗联第三路军所属部队改编为第三、第六、第九、第十二支队。戴鸿宾为第十二支队支队长、许亨植代理政委，下设第三十四和第三十六大队，大队下边辖小队，我当时任第三十六大队指导员。

7 月，我们从小兴安岭西麓的铁力县南山出发，向三肇地区开进。经一个来月的夜行军，行程六七百公里，一路上通过了哈佳铁路和“中东铁路”，前面大的障碍就是呼兰河。

为了解决部队渡河问题，我们派出了四名同志，化装成老百姓，一方面探听附近敌人的情况，另一方面沿着河岸找船只，以便渡河。派出的同志一直到下午 4 点多钟才相继返

---

* 本文原标题为《回忆抗联第三路军十二支队在三肇地区的游击活动》，收录时做了适当修改。

回，并带回三条小舢板船，每条船只能容纳四五个人。许亨植说水深流急，乘这种船过河随时都有翻船的危险，即使不翻船，单靠三条小船，我们全支队七八十人渡到天明也渡不完。说来也巧，就在我们左右为难时，发现河下游驶来两只大帆船，我带了几名同志划两只舢板迎了过去。我们分头从船的尾部爬上去与船老板商谈，经过做工作，他同意送我们过河。

这时，突然有两位老乡打扮的人跑过来对我们说，在河对岸几条主要道路口上都有鬼子和伪军设的卡子，把守很严，你们过河后一定要小心。许政委听了这一新的情况后对大家说，我们不能同敌人正面接触，要避开敌人，乘船顺流而下。就这样，全支队乘两只帆船向下游驶去，驶出 30 多里路，两岸静悄悄的，我们在大锯窝堡一片芦苇的掩护下上了岸，快速向兰西县以南的方向走去。

部队过了呼兰河后，昼宿夜行，走了两个夜间，到了肇东与兰西交界的地方，找了个老乡做向导，顺便了解一下当地的敌情。向导对这一带的情况很熟，告诉我们这里离肇东只有十几里路。我们又经过 20 多天的夜行军，终于到达了目的地李道德屯。部队首先与那里的地下党组织接上了联系，了解有关情况。这地方有一个丰乐镇，镇长姓吴，是个无恶不作的汉奸，当地的人民群众恨透了，我们决定把这个“钉子”拔掉，为受苦百姓报仇。

9 月 11 日晚上 9 点钟，我们从土城子以北的一块高粱地出发，一个小时后接近丰乐镇。支队领导进一步规定了各队的任务，统一号令，之后各队开始行动。战斗进行得非常顺利，东门、南门和西门的敌人很快被消灭。伪警察署、自卫团也很快被缴了械，缴获枪 30 多支、各种子弹 2000 多发，还有四五斤黄金等物资，打死了日本指导官 1 人、伪警察 3 人，俘敌 20 多人，捣毁了伪警察署，我方无一伤亡。

在夜袭丰乐镇七天之后，我们十二支队转移到肇东宋站以西的四撮房屯附近，准备打宋站镇这个重要据点。当天下午 3 点钟，战斗就打响了，有五六百敌人，其中日军 200 多人，其余是伪军、反动自卫团等杂牌部队。我第三十四、第三十六大队与敌人激战了三个多小时，数次打退敌人的反扑，在我阵地前沿敌人丢下了四五十具尸体，我部两人负伤、六名战士牺牲。

战斗进行到当天下午 5 点多钟的时候，支队领导命令各大队撤退。政委许亨植带领七名同志向北回东山里第三路军指挥部去了，支队长戴鸿宾随我大队撤出，一口气儿走了 10 多里路。夜幕降临，部队在一片谷地里停下，这时支队党委书记韩玉书同志对我说，你带部队原地休息，我去南边的屯子找两匹马，把负伤的同志驮上。韩玉书找马回来，部队又开始出发，可这时发现支队长戴鸿宾却不见了。原来戴鸿宾带着支队的活动经费，有一些黄金、近 1 万元伪币和一支匣子枪，脱离了革命队伍。

第十二支队面临着严峻的考验。我们在 1940 年 9 月中旬又返回李道德屯，党委书记韩玉书同志召集了一次支队党委会，研究支队领导问题。在会上确定两条：一是继续坚持斗争；二是迅速召开一次由地方党组织参加的联席会议，共同商讨第十二支队的领导及活动事宜。根据会议决定，会后由我去找当地党组织的负责人高吉良同志。

我找到高吉良同志之后，向他说明了支队党委会的意图，他表示同意立即召开会议。经过再三研究，大家认为徐泽民是这一带地下党的工作员，熟悉敌我情况，一致推选他担任第十二支队代理支队长。

1940 年 9 月底，第十二支队经过整顿后，由薄荷台出发，准备打肇源县城。部队来到肇源县城附近敖木台的两个屯子中间的一座小庙，小庙南面和西南是松花江堤岸，江堤的南面是个莲花泡，敖木台两屯子里每个屯子都有四五十户人家。部队驻下后，徐泽民进城侦察去了。

第二天上午 9 点钟，三个骑马的敌人突然闯进了三十四大队驻地东屯，我们活捉了这三个敌人，其中一个是日本参事官，后面跟随而来的二三十名伪警察也吓得跑到江堤南面去了。

敖木台的枪声惊动了敌人，上午 10 点多钟，有五六百敌人向我十二支队驻地扑来。不到一个小时，敌人又从哈尔滨方向开过来一支四五百日军的快速部队。这样一来，我们面临的敌人总数已达千余人，从三面包围了我们，情况十分危急。敌人向东西敖木台两屯的我两个大队发起进攻，指战员们冒着密集的弹雨，依据院落、房屋、土岗进行着顽强的抵抗，敌人的数次冲锋都被我们打退了。敌人又集中炮火，向我们猛烈轰击，刹那间炮声隆隆，硝烟弥漫，房屋中弹起火，谷垛也浓烟四起。激战进行到傍晚时分，天黑我们准备突围，但在敌人的疯狂进攻和炮火轰击下，我部伤亡惨重，战斗力大大减退，尽管同志们打得英勇顽强，但敌人还是逼了上来。敌人把我们紧紧围住，几次突围都没能冲出去，被敌逼到堤坝跟前。这时敌人从三面往里兜，使我们无路可撤，韩玉书命令从水泡子中蹚过去，我们一边蹚水过河，一边还击。部队下水了，党委书记韩玉书仍留在堤上同机枪手一起阻击敌人，他是最后一个后撤的，就在这时一颗子弹打中了他的头部，韩玉书同志英勇地牺牲了。

敖木台战斗是第十二支队在三肇地区活动期间打得最激烈、最残酷的一次。我们同兵力超过我们十余倍的强敌作战，有四五十名同志牺牲了。同志们不怕流血牺牲，英勇作战，表现出了我抗日联军与敌人血战到底的英雄气概，也使敌人付出了数倍于我的代价。后来据目击群众讲，敌人仅尸体就拉出了 40 多车。

敌人认为在敖木台战斗之后，我部已全被消灭了。我们觉得趁敌人思想麻痹的时候，组织力量出其不意袭击他一下，是有成功把握的，也可以在三肇地区人民群众中扩大抗日联军的政治影响。就这样，一次新的攻打肇源县城的作战计划形成了。

11 月 6 日，我们第十二支队剩余力量经过简单的战斗动员，从慈善会大庙出发，经两天的夜行军，在离肇源城还有 10 多公里的一个叫一本堂的屯子住下，研究了领导分工和兵力部署。11 月 8 日夜里，我们由一本堂向肇源县城运动，刚走出一本堂，天气突变，鹅毛大雪铺天盖地下了起来，紧接着又下起雨来。我们在雨雪中行军，虽然道路泥泞行走艰难，但我们想越是恶劣的天气越是打击敌人的好机会。

入夜，肇源城里的鬼子、伪军早已睡得像死猪一样。夜里 11 点左右，我们每人胳臂上扎了条白毛巾，作为识别自己的标志，悄然无声地从县城的西北角摸了进去，以迅雷不及掩耳之势直奔县公署大院的东墙根下。到墙根下一看，是一堵矮墙，只有 2 米多高。我们避开正门，绕到两侧准备翻墙，不料被敌人发现了。黑暗中敌哨兵开枪向我们射击，这时进院的十几个同志已冲到敌人警务科，院内响起抗联战士惊天动地的喊杀声，还没等院内的敌人起来，我们打开了大门一拥而进。

杨德龙带两名同志撬开了敌人的仓库，抬出两挺机枪，搬出子弹，向伪警察署方向猛烈射击。城内失去指挥的敌人乱作了一团，到处乱跑。凌晨 2 点多钟，我们开始攻打伪警察署。因为这里的伪军听到枪声早有准备，占据着有利地形，伪军在鬼子监督下凭借坚固的工事进行垂死挣扎，我们攻打起来比较困难。经一小时激战，我们用集束手榴弹炸开敌地堡，部队趁势攻进去。可是冲到伪警察署大院一看，里面的敌人早就从后门逃跑了，只留了 30 多匹马。我们利用敌人的这些马匹，由步兵变成了骑兵。

攻打肇源县城的战斗从 11 月 8 日晚 11 点开始，到第二天早 7 点前胜利结束了。全城一片欢腾，人们奔走相告，街头巷尾到处谈论着我军胜利的消息，人民群众踊跃参加抗联。我们这支部队来时只有 16 人，一夜之间发展到 120 多人。我们就地进行了整编，重新把第十二支队划分为 2 个大队，第三十六大队由我和杨永祥负责，他任大队长，我任政治指导员，有 50 多人，大部分抗联骨干编在我大队；另一个大队由王秉章负责。整编后，徐泽民仍然代理支队长。

部队从肇源县城出来后，一直向东北方向撤离。事隔两天，一大批日伪军从哈尔滨方向追赶上来。当我们来到杨伯同窝堡时，敌军的快速部队就跟上来了。我带第三十六大队迅速在丘陵地带展开队形，阻击敌人。这时，支队命令我们立即撤出战斗，但敌人已逼近我阵地前沿，一个冲击，就把我们大队分割开了，我们被迫各自利用就近的地形、地物同敌人展开了激烈战斗。战斗持续到夜间 11 点，被敌分割开的两部分才又会合到一起，部队撤离了阵地。全队人员在肇源县东北部通过了松花江，到了泰来县境才甩掉追踪的敌人。

部队在泰来五棵树一带，经过几天的转战，连续袭击了几个村公所的日本开拓团，烧毁了敌人的营房、仓库、拖拉机，还缴获了一部分枪支、弹药，我们又重新获得了补充。

到了 1940 年底，我们十二支队又返回了三肇地区。这期间，我们 120 多人的队伍清一色是骑兵。为了震慑敌人，每当部队出发就吹号，前导打着旗子，拉开几里地的距离，前不见排头，后不见队尾。我们这一公开活动，可吓坏了这一带日伪警察署、伪村公所、反动自卫团等，一见我们队伍开来，便望风而逃。这一公开活动的形式，确实是鼓舞了人民的抗日热情，但同时也引起了敌人的注意。这年冬季，敌人出动了数以百计的兵力，加紧了对我们的“讨伐”和“围剿”。我们支队在敌人的“讨伐”下，活动也越来越困难，不得不返回铁力县南山里。

部队在一个漆黑的夜晚，开到肇东县任家围子。经过几天连续行军，队伍一直处在紧张疲劳之中，许多人提出从屯子弄点饭吃，休息一天再走。于是我们进了屯，在老乡家吃完饭，又休息了一夜。天一放亮，支队长徐泽民找我，语气坚决地说：“这里不是久留之地，我们还得继续前进，不然，再有伪蒙古兵追来，那就麻烦了。”我说：“来了无非是打！”我有点不大同意他的意见，心想白天行军不是容易暴露目标吗？可最后还是说：“你如果决定要走，那就走吧。”

徐泽民下令后，部队很快会合出发。我们的队伍刚穿过铁路，就听到远处嗡嗡的汽车声。不大一会儿，从哈尔滨方向开来了 10 多辆汽车，载满了日本鬼子和伪军。显然，敌人已知道我们的行踪。当部队越过哈肇公路时，敌人的机枪就开始叫起来了，把战马吓得惊悸长嘶，加上天冷、路滑、马多、道窄，一时队伍很混乱，不少人从马背上摔了下来。

部队撤到肇东县四方屯时，我们利用一道土岗子迎击了追赶的敌人，一直打到天黑，敌人停止了进攻，我们才在夜幕掩护下一直奔向巴彦县北黑山。后来到达铁力县南山里的安邦河上游，找到了第三路军的指挥部。

第十二支队经过半年多血与火的生死战斗，终于在1941 年 2 月胜利地返回了指挥部，继续在中国共产党的领导下同日寇进行艰苦卓绝、不屈不挠的斗争，为实现把日本侵略者赶出中国去的誓言，不停息地战斗下去。

东北抗联教导旅*

彭施鲁

1938 年，东北抗联遭受了严重的挫折。到 1939 年底，抗日联军的总人数锐减至 2000 人以下。

为了寻求出路，1939 年秋天，北满省委派冯仲云为代表进入苏联境内，请苏联人帮助寻找在东北境内的吉东省委负责人周保中，并邀请他到苏联境内开会，以便共同研究今后东北抗日斗争行动方针问题。周保中于当年 11 月到达伯力和冯仲云会了面。正值此时，赵尚志也由东北境内第二次进入苏联，也被邀请参加了冯仲云和周保中之间的会谈。这次由冯仲云、周保中和赵尚志之间的会谈，在抗联历史上称之为第一次伯力会议。这次会议研究了许多重要的问题，其中之一就是抗日联军在今后的游击斗争中如何保存实力的问题，办法是使部队小型化，采取分散活动的办法减小目标。

* 本文原标题为《回忆东北抗日联军教导旅》，收录时做了适当修改。

同时也取得苏军方面的谅解，即当游击队在最不利的情况下退入苏联境内时，苏军将给予必要的休整条件。

在1940年11月和12月期间，东北抗日联军第二路军和第三路军的军以上领导干部陆续到达苏联境内，准备在这里参加第二次伯力会议，他们所领导的部队也在冬季进入苏联境内。第一路军到1940年冬，陆续从珲春县境进入苏联。

苏联人认为所剩无几的抗日联军队伍继续在东北境内斗争下去，客观条件是非常不利的，应该休整待机，把抗日联军编入苏军的情报队伍，以便在东北境内广泛地搜集军事情报。这样的意见虽有一定道理，但未被周保中等抗联领导人所接受。他们认为，这种形式将使东北抗日联军无形中消失，而保持东北抗日联军的独立性，使它继续成为中国共产党领导下的一支抗日队伍，这不只是个原则问题；如果在未来的苏日战争中，在东北战场上有没有一支东北抗日联军的作战队伍，其政治意义是相当不一样的。1941年初，在第二次伯力会议上，以周保中为代表的抗日联军领导人，就这一问题和苏方进行充分的讨论。最后，苏方接受了周保中的正确意见。

由于苏日中立条约的签订等原因，进入苏境的我抗联人员从此转入长期整训。这种对日斗争形式上的变化，对抗日联军来说，有利于保存实力，当时尚留在东北境内的一些抗联队伍，以后也陆续奉命进入苏联境内参加整训。

从1941年初到1942年8月抗联教导旅正式成立之前，

进入苏联境内的抗联部队已经建立了南北两个野营。两个野营的训练工作一直持续地进行着，在步枪射击、刺杀、爆破技术以及土工作业、滑雪与游泳等科目的训练都是很有成效的，单兵到班的攻防战术也都学得较好。

苏德战争爆发后，苏联远东军区立即进入战备状态，以防止日本关东军为配合德国而入侵苏联。在此情况下，周保中和苏军有关领导共同认为，一旦远东战争爆发，抗联队伍应当立即进入东北境内，在日军后方发动群众进行抗日斗争，并积极地破坏和袭击各军事设施以及交通运输线路等。为此，立即决定对抗联人员进行空降跳伞训练。在北野营的三四百名抗联人员于7 月至8 月间驻进了伯力郊区一个空降兵部队的营房内，进行了为期一个月的跳伞训练。

从伯力城回到野营之后，有一部分同志立即被派回东北，为的是更多地搜集军事情报，弄清日军是不是真正在准备向苏联发动进攻。这些侦察小分队所承担的任务，是侦察铁路和公路上日军军事运输的密度，靠近苏联边境地区日军兵力是否增加了，原有筑垒有无新的动态，飞机场内的飞机种类和数量，有无新的征兵措施等等。

在此期间，周保中一直在考虑建立一所为抗联干部而设立的军事学校，或者是成立一个教导团，如果能有这样一个正式的机构，肯定会使训练效果更加提高。如果能够将两个野营的人员合并在一起，组成教导团，并由抗联人员担负各级军事及政治领导责任，这样就在组织形式上明确了领导关系，以避免矛盾的产生。同时，他还希望苏联能派出更多的军官在教导团内协助进行军事训练工作，以使在短期之内取得较大的训练成果。

这一建议得到了苏军统帅部的赞同。苏方最高统帅部明确规定：由抗联干部在各级担任正职，并配备苏联军官任副职和顾问，司、政、后机关则基本上由苏联军官充实起来。同时，为了在后勤供应上有一个合法的渠道，也为了保密，统帅部还授予东北抗日联军教导旅以远东红旗军独立第八十八步兵旅番号，旅内所有抗联干部和战士在政治待遇和物质待遇上，与苏军其他部队完全相同。

抗联教导旅于 1942 年 8 月 1 日正式宣告成立。教导旅的成立，对抗联人员来说是一个相当大的变化。由于在筹备过程中只有极少数抗联领导干部参与了此事，对于绝大多数人来说，这个变化确实来得突然。训练条件更好了，原来用的是旧的日式步兵武器，现在全部改为苏式装备。有更多的苏联军官任教，训练效果好。生活条件改善了，军服是全新的，军官都换了呢子服，还可领到一笔数目可观的薪金。还使大家比较放心的一件大事，是这一组织形式明确了领导关系，由周保中和张寿篯共同承担着对所有抗联人员的领导责任，这就有利于保持抗日联军的完整性，随时可以投入东北战场。这一突然性的变化促进了学习军事的热情，提高了大家战胜日本侵略者的信心，而且由于苏军的真诚态度，抗联同志和苏联同志之间的关系更加密切了。

到了9月，抗联教导旅又全部乘火车到了双城子附近，驻在一个军用机场旁边，进行为期半个月的空降训练。

抗联教导旅刚一成立，以空降训练作为第一课，意味着这支部队作战任务是用于敌后，这是符合实际需要的。根据1942年夏季苏德战场上的形势来看，苏军处于极为不利态势，也为日本侵略者进犯远东迫使苏联两面作战提供了可能。教导旅必须随时准备投入这场战争，在日军后方开辟战场，才有可能减轻苏军的压力。我们也明白这一意图，对完成自己的学习任务非常自觉。

9月下旬我们重新返回北野营，恢复了正常训练。还是由队列训练开始，射击、刺杀、土工作业、爆破、地形学、单兵战术等穿插进行，每日上下午各4小时。下午正课完后就是半小时的擦拭武器，制度相当严格。苏军对步兵武器射击是非常重视的，除正课之外，每日午饭前有半小时的天天练制度，其内容就是练瞄准和击发。

在1942年到1944年，每年冬季要进行一次野营训练。以营为单位组织，一律穿滑雪板，练习行军、行军中的警戒、宿营和宿营中的警戒、露营地的选择、冬季的帐篷设置、取暖、野炊、射击场设置、实弹射击、班至连的攻防战术和雪地工事构筑等等，为期半个月。冬季还组织60公里滑雪比赛，以及汽车牵引下的集体滑雪等。在1944年的冬季，还在野营附近组织过一次步兵营进攻和步兵连防御的对抗演习。这样的演习，都是根据苏德战场实际经验制定的方案，所以收获是很大的。从 1944 年春季起，就陆续有一些苏联尉级军官从西部前线调到教导旅来，他们把最新的作战经验也带来了，把军事训练和战场上的现实情况紧密结合。苏军有一条最重要的原则，即按战争所需要的一切来训练部队。抗联教导旅的训练内容，虽说是按统一的步兵部队的训练大纲进行的，但是增加了一些在敌人后方进行游击战的内容，比如空降、爆破技术等。这对抗联将士日后的对日作战是相当实用的。

到了 1945 年 5 月，开始有大量的苏军部队从西部前线调到远东来。由于苏联政府已经在 4 月宣布了苏日中立条约将不再生效，看来苏日之间一场大战迫在眉睫了。就在这个月内，苏联远东军区情报部长索尔金将军向周保中旅长传达了远东军区司令员普尔卡耶夫大将的指示，大意是，预定在最近几个月之内将有一场苏联对日本的战争，第八十八旅将编入远东第二方面军的战斗序列。此外，还将有另外两个方面军参战。第二方面军的主攻方向将是沿松花江南北两岸西进，第八十八旅将会参加夺取佳木斯市这一战役。在进入东北境内之后，八十八旅应逐步扩大自己的队伍，最终以建立起一支为数 10 万人的正规队伍为目标。

在这期间，活动在东北境内由抗联人员组成的 15 个侦察小分队，一直在紧张地工作着。8 月初，教导旅抽出一部分官兵，派到第二方面军的一线部队担任向导和翻译。活动在牡丹江方面的几支抗联侦察小分队在 9、10 日夜晚空降到牡丹江以西和以北的海林和林口地区，在日军后方展开了袭扰活动。

由于苏军进军东北异常顺利，使八十八旅原定的投入战斗的方案不适用了，苏军远东战线总司令决定，将原东北抗日联军的全部人员运用于东北全境，协助苏军执行军事占领任务。而抗联中的所有朝鲜同志将随苏军进入朝鲜北部，并立即着手建立自己的武装部队和政权机构。根据这一决定，抗联教导旅的所有原抗联指战员，包括 1942 年伪军起义人员，在 9 月 10 日之前，分批进入东北境内和朝鲜北部执行新的战斗任务。

东北抗日联军教导旅的历史，在中苏关系史上是重要的一笔。这一切做法，在当时的环境中，既符合苏联的利益，也符合中国共产党和中国人民的利益。东北抗日联军之所以能够在持续 14 年当中坚持对日斗争，特别是在 1938 年至 1940 年期间的严重受挫之后得以保存下来，并且最后又在消灭日本侵略者的东北战场上一显身手，与苏联方面的国际援助是密不可分的。

侦察历险记*

李铭顺

1941 年以来，进入边境地区的抗联部队，大部分集中在南北两个野营里进行整训。同时，还组织了十几个小部队，深入敌后，搜集情报，继续坚持斗争。我由组织委派，担任了一个小分队的负责人。

小分队的主要任务是侦察敌情，必要时给敌人以打击。小分队的人数，是根据任务而定的，有时多些，有时少些。在一般情况下，仅三五个人。小分队的成员，多是经过严格挑选和受过专门训练的抗联战士。小分队的装备，也随任务的变动而变化，有时配备手枪、冲锋枪、手榴弹，有时只配备短枪和匕首，有时还带着电台、伪职人员的证件、服装等。每个小分队，都有其经常活动的地区，我所率领的小分队，主要活动在穆棱、宁安、海林一带。

---

* 本文原标题为《侦察纪事》，收录时做了适当修改。

从1939年春到1945年秋，我带着一支小分队出没在林海雪原，搞了许多军事情报，如宁安、穆棱等县的日伪军部署和特务网点分布情况，绘制了宁安军用机场的位置、结构简图等，为我军配合苏联红军进军东北，准确地摧毁日伪重大军事目标，提供了依据。

1940年农历八月初，上级派我带一支小部队到宁安了解敌特网点分布情况。中秋节的下午，我和同志们来到一个叫嘎斯沟的山林里，忽然在右侧山谷里升起一缕青烟，还有几只乌鸦在盘旋。我立刻警惕起来，呼唤伙伴们来看。同志们观望了一阵，断定沟里有人住，就拔出手枪，朝冒烟的地方走去。

到了眼前，我们趴在树丛里观察了一阵子，烟雾是从一间小房里升起的，有个猎人打扮的人在小房里出入。我告诉伙伴们就地警戒，一个人来到窗下，观察屋里的情况。屋里也只有那个“猎人”，他一眼看见我就走出来，迎我进屋坐。看样子，挺像个猎人，粗犷的脸庞，粗糙的手指，干燥的嘴唇，还有一身猎人的衣帽，但看他那灵活多变的眼神，却又不能不使人顿时生出几分疑心。果然，我请这个人帮我们弄点吃的，他答应了，过了两个小时回来时，他边走边回头望，像是在照应后边的人。这引起了我们更大的警惕，视线不约而同地集中到了更远的山路上。

不一会儿，在他的身后出现了一辆汽车，车上站满了鬼子和伪军。来到山下，车停了，鬼子和伪军跳下车，朝小房兜来。这时，一切都明白了：这个人原来是个特务，他的小房是一个特务联络点。我告诉同志们隐蔽好，注意观察敌人情况。

这个特务回到小房一看，屋里没了人，急得不得了。几十名敌兵像饿狗寻食似的，在小房附近的山林里找了老半天，什么也没找着。而我小分队的同志们，却从容不迫地掏出小本子，把观察到的敌兵人数、装备以及附近的地势等情况，一一记在小本子上，为以后进一步查清这里的敌情打下了基础。

在查清宁安特务网点分布情况时，德国法西斯对苏联已发动了侵略战争。与此同时，日本帝国主义也将大军开到中苏边境，妄图对苏联施加压力，配合其盟国，伺机发起进攻。在此形势下，为了准确掌握日寇在中苏边境的陈兵情况，1941 年七八月份，上级令我带几名同志，到东宁、穆棱一带侦察敌情。我带着同志们越过敌人封锁线，很快到了东宁境内。

一天夜间，我从老黑山去黄泥河子。当我刚刚过了桥身的中段，突然一脚踩空，身子忽悠一下子栽到桥下，就什么也不知道了。不知过了多久才醒过来，发觉身子卧在一些断桥木上，原来桥被水冲断了，而我却没看清。过了一会儿，被摔伤的右腿疼了起来，我用双手狠劲地揉着，虽然每揉一下都疼得钻心，但次数多了，右腿渐渐能动了。我扶着桥桩站起来，活动了一会儿，就一瘸一拐地上了路。

为了蒙蔽敌人，我装扮成一个买卖人的样子，在公路上艰难地走着，经过一片香瓜地，几个穿着异常的人在同瓜把式吵嚷。不知是他们听见我走路的响动了，还是看见我一个人在艰难地行走，就一起朝我走来。因为天黑，我没看见他们手里拿着什么家伙。当这几个人走到我的跟前时，一个劲儿地往我身边靠。我觉得情况不妙，刚往外跨了一步，一个家伙顺手给了我一木棒。他是往我脑袋上打的，我一躲，棒子落在了我的背包上。我伸手掏出手枪就是一下子，那个抡棒子的家伙应声倒地了，其他几个歹徒听到枪响，立刻狼狈逃窜。

枪杀了歹徒，我的身份就已经暴露了。我来到瓜窝棚打听这几个人的情况，瓜把式说这几个人是自卫团的，都是地痞无赖。我急忙下了公路，钻到山林深处躲避起来。过了不到一个钟头，开来了一队鬼子兵，他们来到那个死尸跟前，叽里呱啦叫了一阵，乱放了一气枪，就涌向了瓜窝棚，后来就向老黑山方向奔去。我走出山林，继续向黄泥河子前进。我搞清了黄泥河子的敌情后，及时回到老黑山，找到其他几个同志。汇总了一下情况，我就和赵奎武同志到绥芬河畔的山区，侦察敌军驻扎情况。

这时候已是初冬季节，绥芬河上漂着冰凌。一天早晨，我和赵奎武同志来到了绥芬河畔。我们找来一块木排过了河，来到了西岸的山林里。听当地老百姓说，西边山林里经常有日军出入，但究竟驻在什么地方，有多少人，不清楚。

为了摸清确切情况，我和赵奎武决定亲自到深山老林里走一趟。

我俩经过大半天的奔走，来到了东宁黑瞎子沟时，太阳已经偏西了。我们刚准备生火做饭，就听到山上有人咳嗽。我俩立刻扑灭了火，趴在树丛里观察动静。趴了半天，只听见山上有人说话，看不见有多少人。后来，我们俩偷偷迂回到有说话的山头附近，爬上一棵高树观察。嗬，这里原来是个日本大兵营！一排排帐篷，在树木掩映下隐约可见，轻重机枪、小炮都在山头上架着。日本兵在帐篷里出出进进，看架势足有一个团！我们观察完了，把这个兵营的规模、配置以及工事构筑情况都一一记在小本子上，就下山了。

当我俩走到谷底时，突然遇到了一只军犬，它一见我俩穿戴异常，就狂吠着扑过来，扯住我的衣服不放。赵奎武一看，掏出手枪就是一下子。军犬死了，但日本人应着枪声赶过来。我俩奋力奔跑，一口气跑出 20 多里山路，当我们来到绥芬河畔黄泥河子时，敌人已被远远地甩到后头了。绥芬河里仍无渡河工具，时间紧迫，容不得再想别的办法了，我俩穿着棉衣跳进河里，奋力向东岸游去。棉衣一着水很重，再加上我水性不好，身子在水里就像绑上了石头，直往下沉，很快就被急流卷走了。赵奎武一看我被卷走了，就急游过来，一把拉住我带过了河。我俩上岸后，迅速钻进了山林，等到日寇赶到西岸时我俩早已在林木中隐蔽好了。

1942 年秋，我和赵奎武进入老爷岭第五天后，为了安全地越过敌人封锁线，途中我们经历了一次很有意义的歼敌行动。在第五天头上，我们来到了老爷岭的边缘。我和赵奎武沿着一条山岗走着，突然在三四里外的荒山脚发现有一间小房子。赵奎武观察了一阵说，这小屋最多也就能住十几个人，如果有敌人，我们打它个出其不意，不愁不能取胜！我提醒赵奎武不要莽撞，沉思了一会儿，悄声对赵奎武说了一个对付敌人的办法。

我俩悄悄向小房摸去。当来到窗下时，我顺着窗缝往里一看，只见屋里十几个人，有的喝醉了，有的在吃肉喝酒，有的躺在炕上抽大烟，有的在用纸牌赌博。原来这间小房是一个武装特务据点。

看清了全部情况后，我给赵奎武递了个眼神。他一脚踢开木板门，我俩迅速闯进去，两支“二十响”对着屋里的敌人，“不许动！”我右手握着“二十响”，左手掐着启开盖的手榴弹，对敌人喝道：“我们是森林警察大队的，在追捕土匪。”随即，我对着窗外喊：“一排掩护，二排把机枪抬过来，把住门！”这些敌人连忙说：“都是自己人，不要误会！”为了镇住这帮家伙，我故意提高嗓门对外喊道：“机枪射手注意，谁要往外跑，就扫死他！”

赵奎武看到我的目示后，一手握着手枪，一手把墙上挂着的、地上戳着的枪支归拢到我的脚下，就出了屋。一会儿，他手里拿着一条很长的绳子回来了。我立刻明白，对敌人说：“眼下是坏人藏在好人堆里，只有好人跟着受点委屈，才能把坏人抓出来。”在我俩枪口的威胁下，他们没敢挣扎，束手就擒了。

从这些特务口中，我知道了穆棱县敌特网点的分布概况，以及日伪驻军的分布情况。为杜绝后患，惩戒同类，我俩将这群特务全部处死了。为了不给当地猎民带来后患，我从衣兜里掏出本子，扯下一页纸交给赵奎武，让他写道：“特务下场，汉奸当戒!”落款是“抗联小分队”，贴在了一个特务的天灵盖上。

收拾完了敌人之后，太阳已经落山了。当我们爬上山岗回头望去，荒山脚下的那间小房呆立在落日的余晖里，几只乌鸦盘旋在上空，不时地发出“嘎嘎”的叫声，像在为特务号丧似的。回味起刚刚结束的这场特殊的战斗，我们情不自禁地笑了起来。

“怕死我能出来革命吗”

赵三声

1918 年 5 月，我出生在哈尔滨，祖父是一个烧酒工人。我七八岁的时候迁到了宾县，15 岁参加了共产主义青年团。我父亲非常有爱国之心，从小就教育我，给我讲朝鲜亡国后的例子。所以，我就下定决心，决不能当亡国奴。

我是中学生，有一定的知识。在共青团期间，写文章、写诗。后来就被介绍加入中国共产党。先是搞宣传，在学校写诗、讲演、演剧，做读书会，有的时候也到学校外组织剧团，到公社讲演。

我父亲叫赵荣庭，是一名医生。参加组织以后，我就负责弄一些药品，给抗日队伍送药。我父亲相当进步，把我们家里存的好药都拿出来，据我知道的，有 5 厘米长红花，还有虎骨，总之都是一些好药。

我跟一个表兄，叫董文清，先是在家把药都包好，有时候也包上别的东西，比如袜子、鞋，还有图纸等收集的一些资料，但主要是药。日本人对药控制得相当严，药铺里头都有特务，到药店买药，要查看买的什么药，买了多少。我父亲是医生，但是药买多了也不行，也受限制，我父亲就想办法找别的大夫买药。父亲把药拿回来之后都配好，每一包药都写上是治什么的，然后我跟董文清就去送药。我们送药的抗联部队是哈东支队的，跟我们对接的也是我们宾县输送出去的一个老共青团员，叫李树廷。他事先跟我们约定好时间，在鬼王庙见面。鬼王庙当时离县城三里地，但是大道我们不敢走，只走小道，那里有一个乱葬岗子。我那年才十六七岁，现在看来还是小孩呢，可已经是一个抗日的战士了。

赵尚志“木炮打宾州”，我们在宾县都知道。他准备打城的时候我还参加过。赵尚志第一次进宾县县城时，我还在共青团。当时知道他要来打宾州，党组织要我们支持他。他们先了解宾县县城的房子情况，各种资源情况，同时告诉我们要来打城。我们当时联系还有个暗号，是“冬草春活”。宾县县城一共四个门，我们共青团小组进行了分工，我是负责西门的接应。赵尚志计划是从南门进城，因为南门城墙矮，容易打进来。当时社会上有各种各样说法，有的说已经结束了，先遣部队已经到了。其实是他们先派进来几个人，后来没打成，撤回去了。我曾经见过赵尚志一次，但是没有交谈。当时我们宾县的党组织团组织有支援抗日部队的任务，因此，我还在他的部队待过七天。

1937 年，哈尔滨特委被敌人破坏了。特委的书记叫韩守魁，被抓后，把他所领导的各个地方的关系都供了出来。我们宾县当时是特支，相当于县一级的组织，书记是孙宝太，就被供了出来。还有宾县特支和哈尔滨特委联系的地方——宾县的新宾书局。

大概是1937年的5月7日，一个日本连长，还有一个翻译，到宾县抓走了孙宝太。孙宝太的姐夫史良碧赶紧通知新宾书局的负责人韩谋志，让他赶紧躲起来。韩谋志当时考虑到书局是个联络点，每天有人来回，他要是走了的话，很多人就有可能暴露，所以就没走。

孙宝太当时供出来七八个人，都是主要的干部。我是共青团的书记，也被供了出来，还有宾县的一个老党员季铁中。我那时在离县城40里外一个叫满家店的地方，正组织一批人准备夏天起义，所以不知道。后来，韩谋志被抓了，又抓了我学校的老师吕大千，他当时是特委副书记，他知道得早，但是没有走。当时抓起来的还有我和季铁中的哥哥，还有个叫黄静雅的，也是个抗联战士。我们被抓后都经过孙宝太辨认，是的就留下，不是的就放了。孙宝太认识我和韩谋志，但不认识黄静雅，所以就把他放了。

我进屋的时候，吕大千在里屋和一个日本警长辩论，孙宝太在门口跟翻译说话，这个时候里屋吕大千就动手了。后来很多人都传墙上挂了一把战刀，其实不是挂在墙上。那个时期，日本人都有刀，刀的上头带个链子，那个警长坐着的时候觉得戴着刀不舒服，就把它摘下来了，戳到身后。吕大千过去一把就把刀抢过来，拔刀没拔开，小日本鬼子一看吕大千动手了，赶紧从里屋往外跑，跑出去后就把门关上，里屋只剩吕大千。我们在外屋包括孙宝太都往门那边去，都想跑，外面有好多警察，进来好几个人一下子把门堵上，把我跟孙宝太给摁在椅子上边，一道一道地捆上绳子。这时，吕大千在里屋就拿刀自杀，倒在地上，日本警长就赶紧找医生给他包扎，然后连夜把我们送到哈尔滨。

到哈尔滨以后，吕大千伤势好点了，就做孙宝太的工作。当时关我们的监狱，尽管形式上是一个人一个号子，但是放风的时候，看守把锁都打开，大家都跑到厕所里去，都能见面也能说话。当时吕大千有一首诗，就是做孙宝太工作写的："时代转红轮，朝阳日日新。今年春草除，犹有来年春。"那天隔着号子，孙宝太和吕大千两人把脑袋都探到窗口，吕大千把这首诗一句句念给他听。那里头还有别的一些抗联同志，大家都说好诗好诗。除了念诗，还说了好多劝孙宝太的话，说作为一个共产党员你怎么能叛变呢，要求孙宝太翻供。孙宝太有点儿为难，吕大千说咱们一共被抓了五个人，要尽可能让其他三个人摆脱掉。意思是，敌人抓我们的时候很仓促，并没有什么证据。只是吕大千拿刀砍日本人，不管怎么样，也没有办法开脱了。

后来孙宝太就再没提过我们的事，我们自己也就好说话了。这样过了一段时间，我们三个人就都放了出来。最后孙宝太、吕大千都被杀害了，被杀的还有哈尔滨特委书记韩守魁。韩守魁是第一个被杀的，他把当时哈尔滨特委那么多人都供了出来，最后日本人还是把他杀了。

我被捕过三次。第一次的时候还好一点儿，到第三次的时候，就没那么好受了。被捕入狱以后，日本人给我们上手段，辣椒水、上大挂、电刑都有。辣椒水我倒是没喝过，别的刑罚都受过，带铁丝的鞭子往身上一抽就带下一块肉。电刑用的刑具就像那个老式的磁石电话机，一摇起来，在地下的人一下就会蹦起来老高。电刑还容易受，电流过去了就没事了。最难受的是大挂，像捆猪似的，连脚带腿弄一块，中间整个杠子，把你高高挂起来，最短也要挂三四个小时，浑身骨头节全都吊开了，掉地下的不是汗，是血珠啊，要是碰一下的话，那疼得没办法忍受。

我当时年轻，不在乎，而且参加革命的时候，就是要马革裹尸，这条命就已经不属于自己了。有人问我，那时候怕不怕死？我说，怕死我能出来革命吗？第一次被捕以后，虽然是放了我们，但日本就知道我和共产党有联系，我走到什么地方就查到什么地方，我想方设法也摆脱不了，反正一直到我第三次被捕出来的时候，是 1944 年。当时我岳父跟宾县的特务头子刘树恒关系密切，花了不少钱把我救了出来。1945 年 8 月初，日本人又来抓我，有人告诉我消息，我就跑了。

我们做党的地下工作的，都不发生横向联系。比如，我知道孙宝太是宾县的特支书记，我跟他有联系，我支部下边的人，他都不认识。我们分成中学、西门外、东门外、北门外、南门外这些小组，有的小组有四五个人，有的小组就一两个人。我被捕出来以后，还是跟小组的人联系。我们有的同志真坚强，不怕死，有一个叫方永贵的，就直接找到我家来联系。

宾县光复后，我们把同志组织起来，分成两部分。一部分留在宾县，是宾县的支部，苏联红军派来了一个班，我们有的同志会说一些俄语，就直接跟他们联系。我们一方面欢迎他们来，另一方面对他们的一些劣迹也非常抵触。但我们非常希望通过他们来找到党组织。我当时是支部书记，就和一部分人被派到哈尔滨找组织关系去了。

后来在哈尔滨找到组织之后，就被派到阿城地委工作，发展队伍、发展组织，还有宣传群众，重点是发展武装。

后来因为苏军要撤军，国民党要进来，陈云他们都撤到宾县。我参加过他们召集的会，陈云、高岗还有张秀山都在。我当时是宾县的县委委员，陈云同志把宾县县委委员都召集到他的住处，讲了当前的形势，讲了任务。当时陈云同志还批判了我们进城之后没有好好发动群众，而是只知道设立机构。陈云同志让我们赶紧把农会建立起来，把群众组织起来。

张秀山这个人很有能力，他原来是松江军区的政委，以后又兼了军区政委，也是地方的省委书记。他有一个得力的干部叫马宾，是我们宾县县委书记，在宾县发动群众。那时候我们正在三下江南、四保临江，我们在后面组织担架队、人力、车力，运粮食，源源不断地往前送。

1945 年 11 月，陈德京回到宾县工作，他是从中央直接派下去的。他先去找李兆麟，李兆麟向他介绍宾县的情况。李兆麟跟他说宾县有这么一个人，姓赵，三次被捕入狱，所以后来他们就叫我“赵三生”，然后写来写去就变成“声”，所以就一直叫下去了。

民族英雄杨靖宇*

黄生发

杨靖宇，1905 年 2 月 13 日出生于河南省确山县李湾村，1927 年 5 月加入中国共产党。1928 年秋，根据工作需要，党组织派杨靖宇同志到开封、洛阳等地做白区工作。1929 年初夏，被党中央派到东北工作。

1932 年 8 月，满洲省委接到磐石中心县委和游击队的报告，得知因缺乏有战争经验的领导干部，游击队屡遭挫折，处境十分困难。为加强南满党和游击队的领导，省委于 1932 年 11 月决定派时任省委候补委员、省委军委代理书记的杨靖宇到南满巡视，指导该地区的抗日斗争，整顿磐石、海龙的党组织和游击队。

杨靖宇接到任务后，孤身一人去找游击队，于 11 月末到达游击队驻地——桦甸县蜜蜂顶子。此时，游击队内思想

---

* 本文原标题为《忆民族英雄杨靖宇》，收录时做了适当修改。

相当混乱，士气低落。为了摆脱困境，打开局面，杨靖宇首先广泛地同党、团员谈心，了解思想动向，鼓舞士气，并共同商量今后的出路。在此基础上，召开了党支部扩大会议。会上，杨靖宇分析了南满抗日游击战争的有利形势，传达了省委关于扩大游击队，开辟磐东游击根据地，进一步扩大游击战争的指示。会议总结了前一段活动的经验教训，批评了在挫折面前失去信心的消极思想，号召共产党员要在艰苦的斗争中发挥先锋作用。会议把游击队正式改编为“中国工农红军第三十二军南满游击队”，下属3个大队。根据省委指示和南满的具体情况，游击队重返群众基础较好的磐石一带活动，以进一步发展队伍，并巩固和扩大玻璃河套游击根据地。1933年初，部队重返玻璃河套途中，在郭家店处决了作恶多端的土匪头子于宽，为民除了一害。当部队重新回到玻璃河套时，已是面目一新，斗志昂扬，受到当地群众的热烈欢迎。此后，杨靖宇又帮助和指导改组了磐石中心县委，并在游击队内建立了党的特别支部。整顿工作就绪后，杨靖宇离开磐石去海龙。

1933年春，中共满洲省委决定重建南满游击队的领导机构，任命杨靖宇为政委，袁德胜为代理总队长，下设教导队和3个大队。南满游击队的不断发展震动了日伪统治，自1933年1月至4月间，敌人调集日军守备队和伪军对游击队和玻璃河套游击根据地发动了四次“围剿”，企图消灭这支抗日武装。杨靖宇领导南满游击队在根据地人民的大力支援下，运用灵活机动的游击战术，粉碎了敌人的围攻，并主动出击，在不到 5 个月的时间内，大小战斗 60 余次，打死打伤日伪军 130 余人，缴获许多武器弹药。游击队在战斗中越战越强，由建队时的不足百人，扩大到 250 余人，声威遍及南满。

1934 年 2 月，东北人民革命军第一军独立师，联合南满 16 支抗日武装部队，成立东北抗日联合军总指挥部，杨靖宇任总指挥。同年 11 月，在临江四道二岔，召开了中共南满第一次代表大会，成立南满临时特委，并正式建立东北人民革命军第一军，杨靖宇同志任军长兼政委。第一军成立后，杨靖宇同志运用机动灵活的战术原则，领导部队挫败敌人的秋季“讨伐”，迅速扩大了游击区。

1936 年 7 月初，东北人民革命军第一军改编为东北抗日联军第一军，杨靖宇同志仍任军长兼政委。后来，东南满的 2 个军合编为东北抗日联军第一路军，杨靖宇同志任第一路军总司令兼政治委员。抗联队伍壮大之后，活动在通化周围及奉吉、安奉铁路一带的许多抗日队伍都相继加入抗联第一路军的行列，在吉林东南部和辽东的广大地区，给日寇有力的打击。

抗联的不断发展壮大使日寇惊恐不安，他们称杨靖宇的部队为“东边道社会治安之癌”，称抗联活动地区为“癌肿地带”。1936 年，日寇调来日军奉天教导团，由日本关东军南满“讨伐”司令官三木少将亲自指挥，汉奸“东边道剿匪司令”邵本良配合，妄图彻底消灭我抗日联军。面对敌我力量如此悬殊，杨靖宇同志率领抗联部队，采取灵活机动、巧妙迂回战术，诱敌深入，消耗敌军力量，避开敌人锋芒，同敌人周旋。我军从辑安出发，昼夜兼程，牵着邵本良伪军在通化、桓仁、兴京、宽甸等地兜圈儿，部队历时 18 天，行程千余里，于 4 月末来到本溪县赛马集山区，在梨树子一带设下伏兵。敌人果然中计，很快进入伏击圈，经过 4 个多小时的激烈战斗，歼灭这股敌人，邵本良本人受伤窜逃。但邵本良不甘心失败，重新网罗反动势力，向我军进攻，我军又一次伏击战斗，歼灭邵本良的伪军第七团。后来，杨靖宇同志率队在回头沟附近，包围了邵本良所部，一举歼灭了其主力部队，邵本良受伤死于奉天伪满医院。

1937 年 7 月 7 日卢沟桥事变爆发后，为配合全国抗战，杨靖宇组织部队在南满的广大地区积极开展抗日游击战争，全力牵制日军兵力，配合关内抗战。

日军接连遭到打击之后，气急败坏，急忙调兵遣将，把所谓的“剿匪之花”的伪军索景清旅调来对付抗联第一路军。为了严惩这伙顽敌，杨靖宇率领部队开始了积极的斗争。月余，得到索旅换防的情报后，杨靖宇率队在蚊子沟口一带设伏，布成口袋阵，经过一场激战，将索旅第三十二团的 2 个连三四百人消灭。索旅不甘心失败，四处活动，寻机报复。8 月初，杨靖宇同志率领军部警卫旅等 400 多人，从长岗南边的八宝山出发，向东北方转移。当先头部队刚翻上山岗，后卫部队传来报告，在埋才沟南端庙岭附近发现敌情。杨靖宇决定返回去打伏击，他将部队分成三路，在一小时内赶到伏击地域。时值盛夏，天气炎热，当疲惫不堪的索旅走进埋伏圈时，杨靖宇一声令下，十几挺机枪同时打响，一时间枪声响成一片，子弹从四面八方飞向敌群，毫无准备的敌人顿时乱了营，大部敌人退到了沟底，陷入我埋伏圈。我抗联战士端着刺刀冲入敌群，展开了激烈的白刃战，经短兵相接，索旅几乎全军覆没。

长岗战斗之后，杨靖宇同志率总部警卫旅和抗联第一路军第一方面军一部及少年铁血队等400多人，由辑安向通化、临江一带的岔沟山区转移，准备越过四方顶子，联络第四师。敌人察觉我军的动向，调集了上千人的日伪军警在岔沟山区布下罗网，妄图一举消灭我军。我军探察未及，陷入重围。

为争取时间，杨靖宇同志率部涉浑江，进入岔沟山口时，后卫部队突然发现沟口被敌人封锁，急报在前边的杨司令。杨靖宇同志一面命令警卫旅三团做掩护，一面带领大队抢占岔沟制高点。天色放亮时，发现山岗上遍布大大小小的帐篷，察知敌人已将我军包围。

我军仅有400多人，从清晨一直战斗到傍晚，多次击退敌人的进攻。夜幕降临，杨靖宇指挥部队多次冲锋，均未突破。敌军虽伤亡很多，但终因敌我力量悬殊，我军被敌渐渐压缩到山间几座大砬子上。此时，天已黑了下来，如果敌军继续进击，我将面临全军覆灭的险境。可却在此时，敌军停止了攻击。在这个关键时刻，杨靖宇决定在拂晓前冲出重围，突围方向选在西北岗上。经过周密部署，调集 29 挺机枪，抽出战斗骨干组成冲锋队，又从少年铁血队中选出 20 名身强力壮和会唱歌的队员，组成战地宣传队。到夜里 11 点多钟，各部迅速做好准备，杨司令命令冲锋队出发，各部接序跟上，迅速向西北山岗进发。敌人没有料到我军会从这里突破，当敌人发现时，我军已冲到最后一道悬崖。冲锋队将扼守在西北岗的伪军一个连迅速缴械，突破口打开了，我军冲出重围，当我军越过四方顶子时，天已拂晓，敌人才发觉我军已无影无踪了。

1939 年入冬以后，我抗联第一路军面临着更为严峻的考验。杨司令率领我们在林海雪原与敌人艰苦周旋，他带领部队在林海雪原穿梭，时而集中，时而分散，有时打伏击，有时远道奔袭。到 1940 年 1 月底，杨靖宇身边仅剩下我们二十几个人。2 月，杨司令带领我们这二十几个人，准备越过濛江的东泊子去联系部队，中途叛徒告密，陷入日伪军的重重包围。在濛江西泊子的大东沟，杨司令带着我们左冲右突，日夜拼杀，但始终没有甩掉敌人。这个季节，山林里寒气袭人，我们踏着厚厚的积雪，走了一夜，刚甩开敌人，这时幸好飘下一场小雪，把我们的脚印盖上了。天亮以后，杨司令让部队稍作休息。到快落太阳时，机枪副射手和另一名同志换岗时，不慎被敌人发现，他俩用机枪向敌人扫射，我和朱文范在后边掩护，边打边撤。在后来的几天里，杨司令带着我们就在山林里打游击。

一天，我们过了一个山道继续在林子里绕腾，我和朱文范在前头，还有两个同志在后边，杨司令和聂东华等在中间，我们之间总是保持30米至50米的距离，前边要没敌人，我们就招手前进，要遇上敌人，可以往旁边散开。正在往前走，碰上了特卫排的机枪射手吴永福、战士孙九号，他俩见了我们就问："司令呢?"起初我们没告诉他，因为上次战斗被打散了，好几天不见，不知他俩变了没有。他俩详细叙述了几天的经过，我们才把他俩领到司令跟前。他俩见司令就呜呜地哭起来，还说我俩以为再也见不到司令了，杨司令安慰他俩不要难过，你们回来了就多了一份力量。

我们被敌人包围得很紧，虽然是四处受敌，身陷重围，可杨司令仍然像往常那样，坚毅，豪迈，沉静。过了几天，我们都饿得难以走路，正好发现森林里有日本伐木队的骡马，杨司令派吴永福和孙九号同志去搞骡马，结果他俩出去很远搞了几麻袋粮食，准备用爬犁拉回来，因贪多，结果拖长了时间，被敌森警发现，吴永福被抓，孙九号空手跑回，骡马未弄成，还搭上个同志。后又派朱文范和孙九号搞回来了一匹马和一匹骡子。为迷惑敌人，当晚把马放了，骡子留下杀了充饥。

吴永福被俘后，我们从大青沟转移到了大北山下，在一棵粗大的松树处隐蔽了两三天。拂晓，杨司令率领我们六个战士迅速转移，我们从大北山顺山岗往下走，在太阳升起很高的时候，我们在五斤顶子西北方向一个山坳里被敌人发现。敌机侦察、扫射、投弹，日军“讨伐队”从后面追击，离我们有几百米远。杨司令率领我们利用有利地形向敌人猛烈射击，我和朱文范用双手抡着匣子枪向敌开火，并叫杨司令员赶快撤离。战斗从日出一直打到天黑，刘福太左手掌穿了个洞，朱文范左胳膊被打伤，孙九号被打断了一根拇指，我的大腿受伤，杨司令还在感冒发烧。尽管我们多数人都负了伤，而且在敌人重兵包围之中，但大家士气高昂，决心与敌人战斗到底。

后来，杨司令带领我们冲了出去。夜半时分，我们摸到山坡的一个架子房，刚休息了一会儿，又听见了一声枪响，我们迅速从山岗往下移动，来到了朝抚公路大北山不远处隐蔽起来。

周围到处都是敌人。这时，杨司令把我叫到跟前，说着掏出他的小本子撕了一页，匆匆写了字交给我说：“小黄，你带着刘福太、韩赛贝、孙九号顺来的路往回走，到烂泥沟子去给陈政委送信，告诉他这边的情况，请他采取措施派人来营救。我带朱文范、聂东华同志，设法吸引敌人，继续前进。”说完从衣兜里掏出一块大烟，放在我手里说：“带着这个，你们伤口疼的时候吃。”我一听这话，立刻感到眼圈一阵热，恨不得想扑到杨司令怀里大哭一场。可是情势极端严峻，为了执行送信任务和联系部队，也只得服从命令。

要离开杨司令了，不知这一别能不能再见，泪水在我眼眶里直打转，我把捡来的那块苞米饼子交给朱文范，让他好好照顾司令员。杨司令最后又嘱咐我们：“为了革命，你们要坚持到底，就是死，也不能屈服敌人；要坚定、机智，想办法完成任务，最后胜利一定是属于我们的。”杨司令和我们一一握手告别，当时真没想到，这成了我们与杨司令的最后一别。

我们四个人在大雪覆盖的森林里转了四五天，快要走到烂泥沟子时，遇见了陈政委派来的交通员姜平文，他们把我们四个人带到陈政委处，我们向陈政委报告了情况，陈政委立即派人去旗杆顶子找杨司令，人没找到，后来一个不幸的消息传来，杨靖宇同志以身殉国。据说，杨司令牺牲后，残暴的日寇割下了他的头颅，剖开了他的腹部，看到他胃里除了草根、树皮和棉絮以外，没有一粒粮食。

杨靖宇同志牺牲时只有 35 岁，他短暂的一生，是战斗的一生，光辉灿烂的一生，他对党对人民对中华民族无限忠诚，对革命事业坚强不屈、百折不挠，表现了一个共产党员的高尚情操。人民永远怀念他。

回忆赵尚志

陈　雷

1931 年 11 月，沈阳敌人监狱中关押的一批我党的干部被释放，很快成为党在东北抗日斗争中的一支重要力量。赵尚志就是这批被释放的干部中的一位。

赵尚志一出狱，就急迫找党的组织，奔赴抗日战场。1932 年春节前不久，他到达哈尔滨，并很快找到了刚从沈阳迁到这里的中共满洲省委，省委任命他为省委军委书记。

当时，在北京读书的东北籍学生共产党员张甲洲等，在家乡巴彦县组织了一支抗日游击队，名为“东北抗日义勇军江北独立师”，就是后来通称的巴彦游击队的前身。中共满洲省委为了加强对这支队伍的领导，于同年 5 月派赵尚志去该部工作。

赵尚志来到巴彦县，发现张甲洲等由于缺乏组织武装部队的经验，使土匪“绿林好”的势力在这支 700 余人的队伍中占了很大比重，部队很不巩固。赵尚志以他在黄埔的经验，首先建议并协助张甲洲整顿部队，培养军事、政治骨干。张甲洲见赵尚志韬略不凡，便请他担任了该游击队的参谋长，经过赵尚志的一番努力，部队建设很快就有了起色。8 月底，游击队初试锋芒，一举攻占巴彦县城。但这时“绿林好”同地主豪绅相勾结，企图将自己的队伍拉出去投降。于是，赵尚志和张甲洲决定将队伍转移到东兴县，以阻止“绿林好”投降。“绿林好”得知消息之后，即联络地主武装和“红枪会”突然袭击了巴彦游击队的教导队，教导队在毫无准备的情况下仓促应战，受到了很大损失，赵尚志左眼也在战斗中被打成重伤。

1932 年 11 月，赵尚志伤愈归队。根据中央和省委指示，巴彦游击队改编成“中国工农红军第三十六军江北独立师”，由张甲洲任师长，赵尚志任政治部主任。之后，赵尚志和张甲洲率领部队转战于呼兰、绥化、兰西、安达等地，一方面宣传、组织群众进行抗日斗争，一方面却不得不执行带有严重“左”倾主义色彩的“北方会议”的决议，去没收地主的土地，搞所谓土地革命。这种做法严重地脱离了群众和当时实际，因此部队不仅要同日伪军作战，还经常受到一些主张抗日的其他队伍，包括地主武装的袭击，处境十分困难。不久，队伍就溃散了，赵尚志只好带了仅剩的十来个人返回哈尔滨，向省委汇报。

当时的满洲省委站在“北方会议”的“左”倾立场上，坚持认为巴彦游击队的失败完全是由于赵尚志执行了“右倾”路线的结果，强令赵尚志做出深刻检查。赵尚志心中不服，据理申辩，被开除了党籍。

受到组织的处分，赵尚志的心情是十分沉重的。但是，他并没有失望，也没有因此而动摇自己为创建党的抗日武装而斗争的坚强信心，他以顽强的意志和对革命、对祖国的无限忠诚，又投入了新的斗争。为了继续从事创建抗日武装的工作，他于1933年4月只身来到宾县，加入了当地一支由孙朝阳组织起来的义勇军队伍，当了一名马夫。不久，在一次战斗中赵尚志提出了以攻为守的军事谋略，建议孙朝阳部队去攻打宾县，从而解了敌围，挽救了队伍。赵尚志的深谋远虑和军事指挥才能为大家所公认，得到了孙朝阳的信任，任命赵尚志为他队伍的参谋长。

同年7月，赵尚志见到了中共珠河中心县委派来的代表崔钟鸣。崔钟鸣代表县委，希望他继续在党的领导下工作，并介绍县委派到孙朝阳部队工作的共产党员李启东与他认识。在离开组织半年之后，终于又和党取得了联系，赵尚志心中十分激动。从此，他便和李启东等携手一致，共同为改造孙部而努力。日伪统治者想方设法瓦解这支队伍，他们派遣特务，打着“救国会”代表的旗号，挑拨一些下层阴谋杀害赵尚志。赵尚志得到报告，当机立断，与李启东、李福林、王德全等七人携带1挺机枪和11支步枪，连夜脱离险境，来到珠河中心县委所在地。

就在赵尚志他们七个人从孙朝阳部队脱险不久，珠河中心县委根据省委的指示，以赵尚志带出的六人为基础又挑选六名优秀青年，于 1933 年 10 月 10 日，在珠河县三股流召开群众大会，宣布成立“珠河东北反日游击队”，赵尚志被任命为珠河游击队队长。为了动员群众抗日，壮大游击队力量，赵尚志率领刚刚建立的这支人民抗日武装机智勇敢地战斗，一举缴获了珠河县境内东西五甲、二道河子、张家湾等几处伪警察所的武装，并召开群众大会，清算汉奸走狗的罪行，审判处决了罪大恶极的亲日走狗王福山。接着，又在火烧沟打退了日本“讨伐队”的袭击，击毙大队长以下日军 20 余名。年底，游击队又把活动区域扩大到邻近的宾县，在当地群众的支持下，解除了宾县七区伪自卫团刘林祥部的武装。赵尚志深得游击队战士和人民群众的尊敬与爱戴，在不到三个月时间里，游击队连获胜利，队伍发展到 70 余人，在珠河一带站稳了脚跟。珠河游击队以崭新的姿态出现在哈东，引起了日伪统治者的不安。

当时在珠河一带有各种名目的抗日义勇军几十支，但他们各自为战，力量分散，很难有效地与日伪军作战。为了联合这些队伍共同抗日，赵尚志根据省委关于游击队与义勇军建立反日统一战线的指示精神，结合当地实际情况，提出联合抗日的三项条件，即：不投降、不卖国、反日到底；没收敌伪财产充当抗战经费；保护群众利益，武装群众共同抗日，允许群众反日自由等。1934 年 2 月，赵尚志率队来到珠河中东铁路北活动，经过艰苦细致的说服和反复协商，许多反日队伍接受了三项条件。3 月初，召开了有 20 多名义勇军和山林队的首领参加的会议，通过了以三项条件为基础共同抗日的“通令”，并成立了东北反日联合司令部，一致推举赵尚志为联合军司令。从此以后，珠河反日游击队周围团结了大批义勇军队伍，大大壮大了珠河一带的抗日阵营。

1934 年 6 月 28 日，赵尚志和中共珠河中心县委决定以珠河反日游击队为核心，联合一部分义勇军队伍组成“东北反日游击队哈东支队”。29 日，哈东支队正式组成，赵尚志又被任命为支队司令。支队下辖 3 个总队，9 个大队，共约 450 余人。队伍改编以后，为更广泛地开展游击活动，赵尚志率第一总队和一些义勇军部队在宾县、五常一带活动。

1934 年的中秋节前夕，赵尚志组织了攻打五常堡的联合作战。五常堡是哈尔滨南部中东铁路线上的一个重要城镇，该镇四面有围子，围子上设有炮楼，驻扎日伪军 500 多人。赵尚志以游击队为主力，联合其他义勇军共 600 余兵力担任主攻，地方青年义勇军则在哈尔滨至五常堡的公路两侧埋伏打援。攻城这天赵尚志率游击队一马当先，首先从北门攻入城内，并迅速占领了三座炮台。在游击队的带领下，义勇军队伍也纷纷冲进城内，与敌人展开了激烈的巷战。战斗进行了 4 个小时，日军守备队渐渐不支，乘夜突围逃跑。在这次战斗中，游击队缴获了步枪 90 余支，还有一批子弹以及布匹、鞋、面粉等物资。游击队进城以后，按赵尚志的命令散发了大批抗日传单，处决了民愤极大的恶霸、汉奸。然后，赵尚志即率队迅速撤退转移，顺利地渡过了牤牛河，当敌人援兵赶来时，又被地方青年义勇军拦截伏击，被打得丢盔卸甲，狼狈不堪。五常堡之战，充分显露出赵尚志的军事指挥才能。

游击队创建之后，赵尚志首先在珠河的铁路南建立根据地。路南的三股流一带是游击队的发源地，这里不仅建立了各种群众组织，而且设立了兵工厂、被服厂、医院、印刷厂等。游击队每打大胜仗，根据地群众都要为他们召开群众大会进行庆祝。每遇这种场合，赵尚志和其他游击队领导干部都必定抓住机会向群众做宣传工作。游击队遵守群众纪律，每到驻地，帮助群众挑水扫地干农活，当地群众则主动为游击队烧水做饭、缝洗衣衫，青年义勇军和儿童团则为游击队站岗放哨、传送情况，军民亲如一家人。在短短的一年多时间，哈东根据地扩展为东西 200 多里、南北 350 多里的大片地区，涉及珠河、宾县、延寿、方正、阿城、五常、双城等七县，人口达十余万。根据地内建立了党的组织以及反日会、交通站、妇女会、儿童团等群众反日组织。

日伪统治者对这块“红地盘”极为仇视。1934 年冬，日寇以驻哈尔滨的日军守备队为主力，调集伪第四军管区所属伪军 3000 多人，包围哈东游击区。他们在游击区周围的大小城镇和交通要道上的乡村，分别增设驻扎点，采取分段包围的手段，企图“各个击破”。为了粉碎敌人的进攻，赵尚志将游击队一部留在根据地牵制敌人，自己则率主力骑兵部队越过威岭北上，直插方正、延寿，威胁敌人侧背，并休整队伍。待敌被拖得疲惫不堪，进退两难时，赵尚志于1934年11月，率精兵挥师南下，返回根据地打击敌人。当赵率部于一天夜间行至排鬼山附近时，被日伪军800多人包围。激烈的战斗从早晨一直进行到傍晚，游击队在赵尚志的指挥下打退了敌人的数次进攻。战斗中赵尚志左腕被流弹打伤，他仍然坚持指挥战斗，他命令数名勇士带着30余匹战马，在暮色之中从日军和伪军接合部的火力薄弱地段强行突围，主力则在原地隐蔽不动。当勇士们带着战马强行突围时，敌人误以为是大部队的行动，便集中火力射击并发起追击。这时，赵尚志指挥主力从敌背后发起突然攻击，敌人阵营立时大乱，我军主力乘机突出包围圈，安全转移。这次战斗共消灭日伪军110多人。

在创建游击队和抗日根据地一年多的斗争中，赵尚志在思想上从来没有离开过党。中共珠河中心县委也在时刻关注着赵尚志，根据赵尚志的出色表现，县委多次向省委提出恢复赵尚志党籍的请求。1935年1月12日，中共满洲省委做出决定，恢复了赵尚志的党籍。

1935年1月8日，在中共满洲省委和珠河中心县委的领导下，以哈东支队为基础，吸收根据地一部分青年义勇军的骨干，正式建立了东北人民革命军第三军，赵尚志被任命为军长。1936 年 9 月改编为东北抗日联军第三军。

东北人民革命军第三军建立不久，敌人开始了春季“讨伐”。1935 年 2 月，赵尚志率第三军司令部直属少年连胜利地攻占了五常县境内的方城岗，然后挥师北上，在宾县二区缴了三道街、包家岗等处大排队的械。接着又直指宾县七区，缴获财神庙亲日大排队的 50 多支枪。然后，他又率队东进延寿县，烧毁草沟和一区姜家崴子附近两处警察所。随后，在距延寿县城仅 8 里路的地方渡过蚂蚁河，深入到敌人力量比较雄厚的马鞍山、金坑等地活动，使延寿县日伪当局大为震惊。

这时，在土龙山农民暴动后建立起来的东北民众军司令谢文东和自卫军支队长李华堂，遭到敌人“讨伐”受到严重损失，转到延寿、方正地区活动。应谢文东和李华堂的邀请，赵尚志前往方正县大罗密，与谢、李会晤。经过协商，谢、李接受了游击队关于联合抗日的三项条件。于是，在赵尚志的推动下，以第三军为基础，联合谢文东、李华堂等部队，成立了东北反日联合军总指挥部，赵尚志被各部推举为联合军总指挥。1935 年 3 月 9 日，赵尚志指挥联合军 500 多人攻打了哈东重镇方正县城。方正城内共有日伪军 200 多人，我军于夜间完成包围，凌晨分四路发起攻击，进攻队伍攻进伪警察署，缴获全部伪警枪械，烧毁日本参事官住宅，完成任务后顺利撤出战斗。

1935 年 5 月，赵尚志率第三军司令部和第一团以及部分联合军队伍，东征牡丹江沿岸地区，联合攻克了米截街、新开道，收缴了老王团、楼山等伪警察局所的武器，敌人发现我军东进后，立即派兵前堵后追，依、勃地区的敌人也纷纷出动。由于敌人对牡丹江沿岸地区控制严密，大部队不宜久留。在这种情况下，赵尚志留第一团在这一带开展工作，带司令部及其余部队返回珠河。

1935 年夏，日伪当局调动了驻哈日军和滨绥铁路沿线日军守备队 3000 多人，以及第四军管区伪军和警察大队，向哈东游击区大举进攻。敌人在游击区施行惨无人道的“三光政策”，游击区和根据地被毁殆尽。在这危急的关头，中共珠河中心县委执委会于 9 月 10 日召开会议，决定珠河游击队主力部队冲破敌人的围攻，转移到松花江下游地区活动，并在反“讨伐”斗争中扩大游击队。赵尚志根据县执委会的决议精神，吸收了根据地地方武装青年义勇军中的骨干，将第三军原有的 2 个团扩编为 6 个团。10 月间，赵尚志率部远征，到达方正县大罗密山区，与先期到达的第三军一团部队会合。11 月，赵尚志率部到达勃利山区。

1936 年 1 月，第三军主力到达汤原县境，与汤原游击总队会合，扩大和巩固了汤原根据地，并帮助汤原中心县委完成了将汤原游击总队改编为抗联第六军的任务。为了进一步扩大松花江以北的游击区，赵尚志于 1936 年三四月间率第三军司令部直属队和第五、第六团从汤原向木兰、东兴、庆城、铁力、海伦等地区远征。4 月初，远征部队首攻舒乐镇，歼灭全部守敌，俘日军 20 多人、伪军 80 余人，缴枪百余支。之后，赵尚志率队继续西进，在八浪河谷又歼灭伪军 1 个连和一支伪警察队。1936 年初夏，远征部队顺利到达木兰县蒙古山一带。第三军在松花江北岸的广大地区又点燃了抗日烽火。

由于赵尚志卓越的指挥才能和细致的组织工作，第三军一年来取得了一系列重大胜利，队伍得到迅速发展，在原有 6 个团的基础上扩编为 7 个师，人数 6000 余，其中基干队伍 1500 多人。以汤旺河为中心的游击根据地也得到了巩固，成为抗联第三、第六军部队进出的立足点。

抗联第三军在松花江下游的一系列胜利的战斗，使日伪当局十分震惊。他们千方百计企图将抗联第三、第六军围歼于汤原根据地。为了粉碎敌人阴谋，1936 年 9 月中旬，中共北满临时省委决定，第三军跳出敌人的包围圈，开辟小兴安岭和黑嫩平原的新游击区。于是，赵尚志又挑起了指挥主力部队进行西北远征的重任。经过认真准备，赵尚志率司令部直属队及第一、第五师部分队伍共 500 余人，从汤原县岭西出发开始西征，同年 12 月到达铁力，与先期到达的先遣队李熙山所率第一师的一部会合。之后，赵尚志留一部分队伍在铁力继续活动，自己率直属队和其余部队继续西进。途中，在海伦县冰趟子，赵尚志指挥打了一个漂亮的伏击战，歼灭日伪军 300 余人。经过两个多月的艰苦斗争之后，赵尚志率部队于 1937 年春返回汤原根据地。

1937 年卢沟桥事变之后，日本侵略者为了巩固其侵华后方基地，加强了对东北抗日联军的“围剿”。1938 年 1 月，赵尚志按照省委的决定带一部分人去苏联。但一过界，即被苏军缴械并关押起来，被不明不白地关押了近一年半。直到 1939 年 5 月苏方才释放了他。

赵尚志重返东北后，便立即投入了对日本侵略者的战斗。他率领我们攻打了乌拉嘎金矿，战斗结束后，赵尚志让我向工人们讲话，我站在一个大工棚子中间，用通俗的语言向工人们讲述了抗日救国的道理，号召工人们起来与日本帝国主义斗争，光复祖国。之后，我们在赵尚志的率领下又袭击了日本测量队。9 月，部队来到了被敌人称作“红地盘”的汤原老根据地。

10 月，赵尚志分兵两路活动，他自己留在司令部准备召集党和军队的会议。他派出交通员给北满临时省委书记金策送信，请他转告各地党组织和游击队负责同志，请他们前来讨论东北抗日斗争重大问题。不久，原抗联第三军警卫团团长姜立新带来临时省委的一些文件。赵尚志看了文件才得知，在他走后不久，北满临时省委某些同志发动了反对赵尚志的斗争，批判他的所谓“反党的‘左’倾关门主义错误”，并撤了他第三军军长和北满抗联总司令的职务，还在党内给予他“严重警告”处分，这些情况使赵尚志极为震惊。赵尚志在计划迎接各位抗联领导人的地点等了三个多月，不见省委派人来联系，分兵作战的队伍也不知什么原因而杳无音信，又因滞留日久，给养也已告罄，处境十分危险。就在这时，恰巧接到苏联方面来的电报，要求他返回苏联，赵尚志便率司令部人员再次入苏。

1940 年 3 月，赵尚志在苏联伯力城出席有第二路军总指挥周保中、北满临时省委代表冯仲云等参加的关于解决吉东和北满党内争论问题的会议。会议期间，传达了北满省委《关于永远开除赵尚志党籍的决定》。对此，不仅赵尚志感到突然，连冯仲云、周保中等也感到意外。在蒙受这样的打击之后，赵尚志的心情极为沉重。他在还没有见到省委正式决定之前，便急切地给省委写了一份请求书，恳切地请求党组织重新审查，恢复自己的党籍。北满临时省委永远开除赵尚志党籍的决定受到各方面的反对。冯仲云、周保中分别写信给北满临时省委，要求重新审查对赵尚志的处分，希望把他留在党内。北满党组织和吉东党组织也讨论了赵尚志的党籍问题，都要求把赵尚志留在党内。可惜，由于各种原因，其中主要是党内过火的斗争倾向，这些意见没有被接受。1940 年 6 月，北满省委答复赵尚志的申诉时说，因为他对错误没有认识，因此不能取消开除党籍的处分，只能取消“永远”二字。1941 年 2 月，北满临时省委修改了原决议，重新做出了开除赵尚志党籍的决议，取消了“永远”二字。但赵尚志依然坚信共产主义，坚持自己的正确主张，相信党中央。

赵尚志被开除党籍，撤销职务，并没有丝毫动摇他的革命意志和抗日决心。在苏联的日日夜夜里，他无时无刻不在盼望重返东北抗日前线。由于他的坚决要求，苏联方面终于答应了他的请求，于 1941 年秋允许他带一个五人小分队回东北活动。

赵尚志返回东北活动的消息很快就被日伪特务机关所侦得，当他们得到赵尚志到达鹤立、汤原的情报后，立即增派驻鹤立的警察大队，严密注视赵尚志的动向。1942 年元旦期间，在驻鹤立日军部队长林大佐的指挥下，精心制订了诱捕赵尚志的计划，特务刘德山化装成收山货的“老客”，骗取了赵尚志的信任。

2 月 12 日晨，由于刘德山的预谋引诱，赵尚志带队伍去袭击梧桐河伪警察分驻所，当队伍到达该分驻所 2 公里处时，已进入敌人的埋伏圈。这时，刘德山乘人不备突然从背后向赵尚志开枪，赵尚志腹部中弹，但他忍着剧痛，回手开枪打死了刘德山。这时，埋伏的伪警察已闻声赶来，赵尚志因流血过多昏迷被俘。敌人把赵尚志拉到梧桐河伪分驻所进行审讯，他宁死不屈英勇牺牲。

1982 年，根据中共中央组织部的通知精神，中共黑龙江省委对开除赵尚志党籍的问题进行了复查，并于同年 6 月 8 日做出了《关于恢复赵尚志同志党籍的决定》，指出：赵尚志同志的一生忠诚党的事业，是一个坚贞的共产主义战士，他在反对日本帝国主义侵略中国的民族解放斗争中，坚强不屈，英勇斗争，做出了重大贡献，直至献出了自己的宝贵生命。因此，开除赵尚志同志的党籍的决定是错误的，是一起历史冤案。该《决定》撤销了 1940 年 1 月中共北满临时省委常委《关于开除赵尚志党籍的决定》，恢复赵尚志党籍，推倒强加给赵尚志同志的一切不实之词，恢复名誉。

回忆李兆麟*

金伯文

1935 年 5 月，我正式参加了抗日联军。1936 年 2 月间，我随第五军四团从宁安出发，用了半年时间，经过密山、勃利、依兰，最后到达了汤原县唐利川。1936 年底，我转到第三军被服厂工作，1937 年 2 月，我随一名叫刘升的老交通员到达铁力去建立新的被服厂。

我俩走了将近一个月。有一天，在距铁力不远的一个深山小屋里，找到了一位叫于桂珍的女同志，于是我们又带上她继续赶路。到目的地后，我们才知道远征部队没有打下铁力，已经撤走了，把不少伤员留在深山里。组织上决定让我和于桂珍住到离伤员住处只有一两里远的一位老大爷的小房子里。第二天，李兆麟同志来到了我们这里，他看上去有三四十岁，其实只有 27 岁，两道浓眉下的一双炯炯有神的大

---

* 本文原标题为《回忆李兆麟同志》，收录时做了适当修改。

眼，给人以威严、刚毅的感觉。他到了我们这里，因要赶写一份材料，忙得很少说话。

有一天，通信员来向兆麟同志报告说敌人要进山“讨伐”，当时我们的粮食不多了，兆麟同志立即赶到了伤员的住处，把自己唯一的战马杀了，给伤员每人分了几块马肉，其余的人只带上仅剩的一点口粮，20 多个伤员连同护送的战士，向伊春方向转移。兆麟同志同我和于桂珍同志一起当后卫，直到伤员离开的第二天，我们才离开这个地方。

这时正值 1937 年春节之后，雪下得很大。兆麟同志用罗盘辨别着方向，在前面踩雪开道，遇到难走的地方还得拉着我们。白天不能拢火，怕引来敌人，我们就用炒面伴雪充饥，到了晚上我们就在雪地里宿营，兆麟同志路上像兄长似的照顾着我们，为了让我们俩多睡一会儿，兆麟同志总是首先担任警戒。

我们走了将近一个月，才返回到唐利川第三军留守处。这时天已转暖，雪也化了。第二天，兆麟同志就派人送我们回第三军被服厂，临行前他对我说：“天已暖了，我还要到松花江以南去活动，毯子也用不着了，就送给你吧。”这样，我和兆麟同志便分手了。

回到被服厂，我仍当负责人。这时，组织上决定将被服厂搬到帽儿山。山上有一间小房子，我们便住进了那间小房子里。当时的北满省委就住在山下。

7 月里，张兰生、赵尚志、冯仲云和兆麟同志一起来到这里开会。我们被服厂的女同志为他们洗衣服、做饭、缝补衣裳，没多久就熟了。一天下午，兆麟同志突然笑吟吟地开口问我："我要是真的爱你，怎么办?"这突如其来的问话，弄得我不知该说什么才好。兆麟同志当时是省委的领导，而我只不过是一个不识几个大字的年轻战士，这怎么可能呢?这天夜里，我想着和兆麟同志相识后他留给我的印象，他是个好领导，我敬重他。第二天，我答应了兆麟同志。

会议开了半个多月。会议结束前的一天下午，大家给我们举行婚礼。几天后，兆麟同志他们就离开了这里。又过了些时候，兆麟和黄成植同志又来到我们这里，这时组织上已经决定让兆麟同志去第六军当政委，调我去第六军帽儿山被服厂工作。

第六军被服厂厂长是裴成春同志，被服厂里有李敏、李桂兰、小穆、第六军军长夏云杰的爱人和女儿，还有一个裁衣工人张世臣同志。离我们住处一里远的地方，驻了一个排，负责保卫被服厂。我们在这里紧张地赶制着部队的冬装。

1938 年春节前夕，交通员送情报来，说敌人要进山"讨伐"。大约一个月后的一天，天刚亮，敌人的"讨伐队"果然从西南方向的山上下来了。当山上的岗哨发现后鸣枪往山下跑时，敌人的机枪就响了起来，这时我们都陆续冲出了房子，李桂兰、夏军长的爱人和女儿先冲出门往北山上跑去，后被对面山上的鬼子用机枪封锁在半山腰，裴大姐、小穆、李敏和我当时是顺着山沟往东，爬出了敌人的火力封锁后，和迎面跑来的警卫部队一块儿，从被服厂北山的侧面爬上去，准备和敌人接火后救出被围困的同志。但是等我们上到山上时，没想到敌人从半山腰上抓了李桂兰、夏军长的爱人和女儿，下山到了被服厂，还把张世臣同志捆在房前的大树上，点上了火，连同被服厂一块儿烧了后撤走了。等到天全黑下来，部队才派了几个同志下山到了被服厂，把已被火烧死的张世臣同志掩埋了，我们就向汤原方向转移了。

在汤原地区深山里，我们与兆麟同志带的教导队会合了。我们大约在汤原地区活动了近两个月，在5月初又随兆麟同志重返了帽儿山地区。

路经第六军被服厂旧址时，看着被烧毁的房子和树木，不禁想起了被捕的同志和为革命英勇献身的张世臣同志。大家流着泪，心情极为沉痛。在接近黄昏时，部队停下来宿营，我看见兆麟同志坐在一个躺倒的树干上，手里拿着一个本子，迎着篝火教同志们唱起了《露营之歌》，他一遍遍地教大家唱，没用多长时间，大家就都学会了。这支歌分别以春、夏、秋、冬为背景，写出抗联战士的生活。正因为这支歌生动而又逼真地写出了抗联战士艰苦的战斗情景，写出了每个战士的斗志，写出了每个战士的心愿，所以很快就在抗联部队中流传开来，成为每个抗联战士喜爱的歌。正因为这样，在兆麟同志为国殉难后，人民为了纪念他，便把《露营之歌》作为他的遗作，登在了报刊和杂志上。新中国成立后，又将这支歌连同兆麟同志的遗物一起展放在东北烈士纪念馆中。

1935 年 5 月间，抗日联军第三路军成立，兆麟同志任总指挥。当时在部队中，曾流传过一支由兆麟同志编写的《第三路军成立纪念歌》，歌词气势磅礴，我们人人都会唱。新中国成立后，这支歌连同《露营之歌》一起载入了《革命烈士诗抄》。

我在离开兆麟同志两年后的 1940 年春，随一个姓金的省委交通员又到了铁力见到了兆麟同志。久别重逢，心里真有一种说不出的滋味。在战争环境中，夫妻之间离别是常事，而离开后，双方就无法得到半点音信。如今重逢，欣慰备至。不久，我怀孕了。

东北的山区到了 8 月天气就开始冷了，山上的野物也渐渐地找不着了，同志们的肚子里没食，时间一长都打不起精神来。艰难之时，兆麟同志饿得连说话的气力都不足了，但还是对周围的战友们说："同志们，就是饿死，也没有什么了不起的，也不愧为中华民族的好儿女。我相信，我们的后代将会赞扬我们今天的挨饿，因为今天的挨饿是为了明天他们过得更幸福。"听了这番动人的话语，同志们眼里都含着激动的泪水，变得更加坚强了。

到了 9 月末，王钧、王明贵同志带的部队搞到粮食回来了。又过了一段时间，我也已接近分娩，当时组织就决定让一个叫朴英善的朝鲜族女同志陪着我，给了我们一匹马和半袋粮食，并派了一个战士送我到深山密林里找个安全的地方去生孩子。兆麟同志把这里的工作安顿好后，就到中苏边界的一个地方开会去了。

一天深夜，后方的那些老弱病残的同志也到了我们这里，随他们来的还有张忠福和马克区指导员，他们说，鬼子的“讨伐队”进山了，要“消灭三路军指挥部”！我们这二十几个老弱病残，就被鬼子误认为是“三路军的指挥部”了。

情况紧急，我们决定马上离开这里。时值秋去冬来，下了雪，我们踏着深雪在前面走，敌人就随着我们的脚印在后面追。农历十一月初五的那天，在行军中，我的腹痛渐渐加剧，部队迫不得已停了下来。就这样，我的第一个儿子在冰天雪地里降生了。

冬季在深山密林里行军，即便是空身一人都是极不容易的，每个人负重就有几十斤，而我又背上这个孩子，那就更加困难了。这时已经到了深冬，敌人大队人马，又有不少的民工为他们运粮草，因此行动起来总是不如我们这二十几个人的小部队那么轻便。尽管我们都是些老弱病残，敌人也一直未能追上。

到了第二年 5 月，雪化了，敌人找不到我们的脚印就撤走了。我们已经在这深山里足足走了半年多，孩子已经有半岁了。就在这时，兆麟和金策等领导同志到了我们这里，同来的还有陈雷等十几个同志。他们来后，每天忙着赶写材料。

为了躲开敌人的骚扰，兆麟同志和我们一块儿，经常不断地在深山里行军、宿营。大人没有吃的还可忍耐，可孩子不懂事，常常饿得哭闹，弄得部队极不安宁。有一天，孩子饿得又哭又叫，兆麟同志望着孩子，沉思片刻，痛楚地走到火堆旁，抱起饿得直打晃的孩子，扔到了几百米以外的树林里。看到这揪心的情景，我难过地掉了泪。在这艰难的岁月里，把孩子养到了快满周岁，多不容易啊！当时，有位随部队一道活动的陈大爷，看着不忍心，偷偷地把孩子抱了回来。以后，我带着孩子与陈大爷、朴大姐等同志一起离开了大部队，独自活动在深山里。

1941 年冬天，江水封冻了。这时，日寇又调重兵进驻东北，抗联处境更加困难。为了保存实力，组织上决定让我们部队到苏联境内聚集，进行休整和训练，为重返东北战场积蓄力量。于是，我们便向黑龙江边开拔。到了苏联，我被送进了医院，孩子被送进了托儿所。直到 1942 年 5 月间，我才恢复健康出了院。当时抗日联军在这里成立了一个特别旅，周保中同志任旅长，兆麟同志任政治副旅长，下设 4 个营和 1 个交通营。我当时被编入交通营。后来我才知道，我们的孩子“肇华”送到幼儿园后由于身体不好死了，我伤心极了。

进入 1945 年，组织上决定让我们特别旅的同志们陆续重返东北，准备配合八路军、新四军和苏联红军，彻底击败日本关东军，解放整个东北。听到这个消息，我们高兴极了，多年来日夜盼望的一天终于到来了。8 月，周保中和兆麟同志带着大部分同志先回到了东北，我因为当时身边有了两个孩子暂时留了下来，准备第二批走。这年 12 月，我带着两个幼小的孩子，随着其他女同志一起乘火车返回了东北。

12 月9 日，我到达哈尔滨，随着前来接我的兆麟同志的警卫员李桂林同志到了南岗马家沟的一座小楼。这座楼就是当时我党市委所在地，平时除了常来常往的同志们外，住在这里的就是我们这一家和钟子云同志一家，还有警卫和勤杂人员。我和孩子们到这里以后，也不知从哪里弄来了两个军用草垫子并在一块儿铺在地上。夜里睡觉时，我把我身上穿的一件破皮袄脱下来，铺在草垫子中间，让两个孩子睡在上面，我和兆麟同志就一边一个睡在草垫子边上，为他们遮风。当时还有一床旧被子，我们四口人盖。

日本鬼子投降后，国民党反动派不断地往哈尔滨派来“要员”，公开出面与我党纠缠。我到哈尔滨时，我党还没有全部公开，当时只有兆麟等少数同志以共产党员的公开身份出面与国民党的上层人物打交道，利用一切机会揭露国民党反动派破坏和平的阴谋。兆麟同志当时公开的职务是中苏友好协会会长，因此成为敌人的眼中钉。

1946 年3 月9 日，兆麟同志收到了一封信，特务在信上诡称有重要事情与他商谈，请他当日下午 4 点到水道街 9 号。于是，当天下午，他便由市委坐汽车出发，当开到离中苏友协不远的地方，汽车突然坏了。于是兆麟同志下了车，让警卫员李桂林同志帮助司机修车，自己独身一人步行到了中苏友协。当时他跟秘书于凯同志说，他要去水道街 9 号，等汽车修好后，到那里去接他，说完后就独自去了。到了水道街 9 号，一进门，就有专人帮他脱去了大衣，然后进了一间布置得像会议室的大房间，他们给他倒了一杯放有毒药的茶水，当他喝了后，特务们就蹿了出来将他杀害了。事情发生后，国民党特务还企图消尸灭迹嫁祸于人，由于我党发现得快才未得逞。但是，国民党反动派仍不甘心，开动了所有的宣传机器，无耻地编造流言蜚语诋毁兆麟同志，可是谎言终究不能成为事实。

兆麟同志的血没有白流，他用自己的鲜血，换来了亿万人民的觉醒。哈尔滨的市民纷纷上街游行示威，声讨国民党反动派的暴行。各大报纸连续发表社论和报道，揭露国民党反动派的内战阴谋，抗议国民党特务杀害共产党人和爱国人士的罪行。在各界群众的压力下，国民党的伪省长和伪市长也不得不假心假意地出面，参加了兆麟的追悼会和遗体安葬仪式。人民为了缅怀他，把他安葬在哈尔滨道里松花江畔的一座公园里，并为他竖起了高大的纪念碑，上面刻着“民族英雄李兆麟将军之墓”11 个金色的大字，还刻着他的亲密战友冯仲云同志为他写的碑文。

巾帼英雄赵一曼*

韩　光

1934年4月，哈尔滨地下党组织遭到破坏，中共满洲省总工会负责人老曹被捕牺牲。在省总工会工作的赵一曼同志按照组织的决定，转移到珠河抗日根据地工作，任中共珠河中心县委委员和县委特派员，同时负责妇女会工作。当时我作为满洲团省委特派员，在珠河县东北人民革命军第三军协助赵尚志同志做部队政治工作。由于工作关系，我和赵一曼同志经常见面。起初，她在珠河铁道南三股流做妇女工作，以后又到铁道北第五区侯林乡工作，曾任道北区委书记。在根据地里，她经常走村串户，白天帮助老乡干活，晚上召集群众开会，进行抗日救国宣传，发动群众。在她和同志们的努力下，铁道北的反日会、农委会、妇女会、儿童团都十分活跃，工作成绩卓著。

---

* 本文原标题为《巾帼英杰——忆赵一曼同志》，收录时做了适当修改。

赵一曼最为称道和尊敬的是我党著名的无产阶级革命家、早期妇女运动的领导人向警予同志，她特别爱讲向警予同志在狱中与敌人进行顽强斗争直到英勇就义的事迹。从她的言语中表现出，她不是个普通的女性，是一个胸怀壮志、忠于共产主义事业的革命者，是一位意志坚强、满怀革命豪情的“奇女子”。

赵一曼同志出生在四川宜宾的一个地主家庭，从小就顽强地同封建礼教、封建习俗进行抗争，不断接受新思想，逐渐发展到有强烈的革命要求，思想进步很快。她 1924 年加入了中国社会主义青年团，1926 年春转为中国共产党党员。

1926 年 10 月，党派赵一曼同志去武汉军事政治学校学习。从此，她离开家乡，踏上了新的征程。1927 年 4 月 12 日，蒋介石发动了反革命政变。5 月，赵一曼不顾自己患肺病的身体，从医院跑回学校，参加了军校学生编成的独立师，奔赴战场，参加了攻打叛军，保卫武汉的战斗。7 月，汪精卫叛变，“宁汉合流”，轰轰烈烈的大革命失败了。在这种形势下，她按照党组织的安排去苏联莫斯科中山大学学习。

在中山大学，赵一曼同志克服各种困难，钻研马列主义理论，努力学习俄语。1928 年 4 月，她与同学陈达邦结婚。同年年末，组织决定让她回国接受新任务。当时国内革命正处于低潮，环境十分恶劣，生活极为艰苦。一曼同志虽身怀六甲，但她坚决服从组织安排，表现了一个共产党员的坚强党性。

赵一曼同志回国后，先被派往湖北宜昌做秘密工作，后又调往中共江西省委机关工作。1929 年 11 月，因叛徒告密，省委机关遭到破坏，南昌一片白色恐怖。她为了让组织及早营救被捕同志，不顾个人安危，不怕疲劳，背着孩子沿途乞讨，辗转来到上海，向中央报告了事情的经过。1931 年九一八事变后，她被党派到东北，领导反日斗争，先后在沈阳、哈尔滨进行党的地下工作和工运工作。1933 年 4 月，她与满洲省委其他领导同志共同领导了著名的哈尔滨市电车工人大罢工，并取得了胜利。

1935 年 2 月，赵一曼同志被任命为中共珠河县铁路北地区区委书记兼东北人民革命军第三军第二团政委，活动于铁路北的侯林乡、宋家店、黑龙宫地区。

这一年，日伪军不断对我山区游击根据地进行“讨伐”“扫荡”，战斗异常频繁。在艰苦的战争岁月中，赵一曼同志机智、勇敢，立下许多卓著的战功。一次，我地下工作人员从驻珠河县城的伪军手中买下来一批枪支弹药，但因日寇封锁严密运不出来，大家都很着急，赵一曼同志和另一名女战士主动接受了转运这批武器的任务。她们到城里后，用油纸、油布把枪支弹药紧紧包好，放进一辆马拉的大粪车中，直接向城门赶去。车到城门哨卡，日军嫌臭捂着鼻子躲得远远的，专管搜查的伪军见是大粪车也喊着“快走！快走！”车老板猛抽几鞭，粪车也就出了城，这批武器弹药便巧妙地运到了我们的部队。还有一次，东北人民革命军第三军第三团在侯林乡活动，突然被两个团的敌人包围，我军和敌人激战了一天一夜，但敌人不断增援，形势对我军极为不利，三团团长决定突围。次日凌晨，敌人背后突然响起激烈的枪声，原来是一曼同志带领农民自卫军和群众前来支援，打得敌人溃不成军、仓皇逃窜，使我军化险为夷。赵一曼英勇善战，威震珠河一带，她的英名传遍珠河军民之中，日寇对她恨入骨髓。

1935 年秋，敌人调动大批日伪军向我游击根据地进行空前的“大讨伐”。根据珠河中心县委的决定，赵尚志率东北人民革命军第三军主力远征，赵一曼同志留在珠河游击根据地坚持斗争，并兼任新二团政治部主任。她带领地方游击队和二团并肩作战，积极开展游击斗争，牵制敌人兵力，有力地策应了赵尚志所率主力部队的活动。

由于敌人动用了十数倍于我们的兵力，疯狂进攻，反复“扫荡”，我军的处境日益艰难。1935 年 11 月 15 日，赵一曼同志和王惠同团长带领的 50 多名战士在铁道北左撇子沟附近被敌人包围。我军突围时，队伍被打散，王惠同、周百学等同志受伤被俘后英勇就义，赵一曼下落不明。后来才听说，在战斗中一曼同志左手腕被敌人打伤，她和另外几名同志转移至西北沟，在一间空仓房子里养伤。由于汉奸告密，11 月 22 日，敌人包围了她们的住地，战斗中两名同志牺牲，一曼同志左大腿骨被打断，最后在子弹打光、后退无路的情况下，被敌人俘获。敌人对她进行了野蛮的审讯，逼其供认共产党员身份和部队情况。一曼同志毫不理睬，守口如瓶，她强支受伤的身体，义正词严地痛斥日本帝国主义的侵华罪行。五天后，敌人把一曼同志押解到哈尔滨，关押在伪滨江省警备厅地下室看守所里。十几天后，一曼同志伤口溃烂，病情严重恶化。12 月中旬，他们把一曼同志送进哈尔滨市立医院监视治疗。经过几个月的治疗，一曼同志战伤初愈，就找机会外逃，不幸途中再次被敌人抓捕，不久在珠河县英勇就义。

就义前，赵一曼同志写下了给幼子宁儿的感人肺腑的遗言。临刑前一曼同志镇定自若，挺胸远望，气势昂扬，视死如归，英勇就义，年仅 31 岁。

在密林中办学

张 德

1936 年初春，组织派我到抗日后方根据地——小兴安岭密林，协助赵尚志、张寿篯同志，开办抗联军政干部学校，为抗日联军培训军事和政治干部。

4 月的一天晚上，抗日联军第六军夏云杰军长带着部队到了我住的小屯子。汤原中心县委给赵尚志、张寿篯同志写了信，让我随同夏军长向小兴安岭的密林中进发，奔向抗日后方基地。

一天早晨，我们终于到达了帽儿山附近的一个抗联密营。这个密营是一个长筒房子，里面有三四个工人正忙着用火熏烤木瓢。就在这个熏烤木瓢的窑房附近，夏云杰领我见到了赵尚志和张寿篯同志。但还没等我们细谈，敌人就围了上来，我们迅速甩掉敌人，转移到几十里地以外的另一个密营里。

见到我之后，张寿篯同志很高兴，他告诉我说："我和赵尚志同志商量了，要给你一项重要工作。现在抗日联军战事频繁，部队减员很多，尤其是军事干部更为缺少。我们的部队急需干部，必须把我们自己的抗联军政干部学校尽快办起来。我们计划在汤旺河沟里办这个学校，请你当教官。”

就这样，在伊春河畔的一个大棚子里，我们办起了抗日联军的第一所军政干部学校。不久，陆续从抗联第三军、第六军送来了500多名学员，他们都是在抗战前线英勇奋战、经过战争烈火考验的各级指挥员。这个密林中的抗联军政干校，由赵尚志兼任名誉校长，张寿篯任教育长，张文同志做秘书工作，我和雷炎同志任教官。

张寿篯在军政干校住了一个时期，就带领队伍上前线。以后，抗联第六军军长夏云杰几次到干校来，他给干校送过纸、铅笔和一些其他用品，对学校的教学和我们的生活都非常关心。

经常在军政干校做教学工作的是我和雷炎同志。雷炎同志当时不到30岁，知识分子出身，但外表却像一个农村赶车的老板，冬天头戴一顶狗皮帽子，肩披一件带大襟的棉袄，腰里还别着一只土烟袋，对学员非常和气。他打仗非常勇敢，后来他离开干校，在一次战斗中英勇牺牲。

在艰苦的环境中，我们军政干校的教学生活是十分紧张的，也是非常有意义的。唯一的一个大棚子，既是我们的教室、宿舍，又是俱乐部。伊春河岸边以大森林做围墙的一块空地，是我们的操场，我们就在这块空地上练习队列、射击、刺杀和搏斗。

教学计划是张寿篯亲自帮助我们制订的，他要求我们教得好，也要求学员们学得好、学得快。没有教材、没有课本，就凭我在学校里学到的政治课、军事课，一边回忆，一边讲授。

在那样困难的条件下，我让学员们把大木板刨光，摆在大工棚的一头，我找来木炭在上面写字、画图，写满了、画满了，抬到河边刷洗干净，然后再写、再画，几块木板轮换着用。

就是在这样的条件下，我们的军政干校讲授了“中国近代史”，其中着重讲了鸦片战争、九一八事变等帝国主义侵华史；介绍了苏联十月社会主义革命的情况和世界形势；分析了中国人民抗日斗争的前景；介绍了中国工农红军北上抗日，进行万里长征的情况。

干校的军事课，主要讲解游击战术，毛主席总结的“敌进我退，敌驻我扰，敌疲我打，敌退我追”的游击战术原则，以及射击要领、利用地形地物、识图用图等。当时我们所使用的地图，多是从日本鬼子手里缴来的军用地图，我们就利用这些地图教学员们辨认、识别图例符号，如识别什么符号代表山坡、河流、道路、桥梁、开阔地、沼泽地、针叶树、阔叶树等。

联军干校开始时，学员们都用不上纸和笔，只能用木炭当笔，桦树皮当纸，或者干脆用小木棍在沙滩上练习。以后夏云杰同志弄到了纸和笔，亲自送到干校，学员们很受感动。

当时，我们干校的学员大部分没有文化，学习中遇到的困难是很多的，但他们学习都非常努力，又有丰富的实战经验，所以进步都很快。

抗联军政干校的物质生活是十分艰难的。开学之初，因为有缴获敌人的部分粮食和牛、马，不至于挨饿，一天吃三顿饭，有时还能吃上白面包的牛肉馅饺子，改善一下生活。后来粮食快要吃完了的时候，一天只能开一顿饭。再以后，就只好吃野菜、野果、树皮。那时往林子里送粮是非常困难的，常常是没等送到地方，就被敌人给截去了。有时路遇风雪，迷失方向，送粮的人甚至冻死在半路上。松子、榛子、橡子、蘑菇、木耳等都是我们的家常便饭。

在紧张的学习之余，同志们欢聚一堂，有时唱歌，有时讲故事，有时还编演抗战戏剧。我记得有一次，在工棚里演出过《抗战一定胜利》的新戏，扮演日寇军官的是朝鲜族徐光海同志，他演得很逼真，受到大家的称赞。我给同志们讲了夏伯阳的故事，也很受欢迎。我们的操场，也是运动场，唯一的一个足球，课余时间大家都喜欢踢。

由于学习、生活条件越来越艰苦，战斗又十分频繁，我们的军政干校曾几次迁移校址，从伊春河畔到乌敏河畔，又从乌敏河畔到翠峦河畔。就是在这样的艰苦条件下，我们先后办了三期，为抗联部队培养了一批人才。

同苏军收复东北*

王明贵

日本投降后，为了适应新的情况，中共东北党的委员会决定组成新的临时党委，由周保中任书记。回东北后，在未与中央接上关系时，临时党委地点设在长春，负责领导全东北的党的工作，下辖 11 个地区的党委。中共沈阳地区委员会就近与关内联系，负责与中共中央接通关系。

1945 年 8 月上旬，抗联教导旅指战员开始分批回东北，分赴 11 个地区、57 个大中城市和县镇。我和其他同志共 17 人，于 8 月 20 日左右到齐齐哈尔市。我把通行证和上级任命我为齐齐哈尔卫戍副司令员的任命书拿给苏军卫戍司令员，他看后说："苏军刚进城没几天，我们已经接到上级通知。"交谈中，他又向我介绍了一些齐市的情况：日军投降后，3000 多伪满俘虏被关押在南大营。日本侨民有三四万

* 本文原标题为《同苏军一道解放东北》，收录时做了适当修改。

人，苏军把他们集中了一些，大部分没集中。伪省长和伪铁路局长、伪市长等组织了伪解放委员会，代替了政府的职责。齐市有国民党活动，详情还没有搞清楚。最后他又说："你是卫戍副司令，中国的事情就由你管理。"

当时的齐齐哈尔市斗争形势尖锐复杂。伪满洲国垮台了，日伪军被缴械了，伪警察、宪兵、特务一部分被缴了械，一部分逃跑，一些趁火打劫的匪特也蜂拥而起。白天，大街上熙熙攘攘，佩戴着"解放委员会"红袖章的人举目可见，他们招摇过市，声称是维护社会治安。到了晚上，齐市枪声不断，时有扒窃房屋、杀人放火、拦路抢劫的。往日，那些骑在中国人民头上凭借日本人狐假虎威的汉奸，摇身一变，成了"正统"的国民党了，齐市一下子从地下冒出四个国民党党部，嫩江省各县也相继成立了国民党党部，他们各自发展组织，秘密建立武装。刚刚光复的齐市人民，对于伪满洲国的垮台充满了喜悦，但对国民党的反动宣传和所作所为，又迷惑不解。对此，许多正直的中国人都对祖国的前途忧心忡忡。面对嫩江省这种形势，根据党的指示，我们首先在机关学校和宗教界宣传我党的方针政策，争取群众，团结一切可以团结的力量。然后，又向伪政府机关、日本侨民以及伪军俘虏宣传。9 月 3 日，在齐市召开的庆祝抗战胜利的大会上，我作为抗联代表讲了话，揭露了日寇在中国犯下的滔天罪行，指出国民党反动派不抗日，却积极打内战，一些汉奸、民族败类充当侵略者的走狗，现在光复了，谁是敌人，谁是朋友，哪些人是爱国的，哪些人是骑在人民头上当老爷的，希望大家三思。通过宣传，扩大了我党的政治影响。

1945 年 9 月中旬，我们组建了嫩江省人民自卫军司令部，统一领导齐齐哈尔市及全省的武装力量，我任人民自卫军司令员，并组建了民主大同盟，同敌人展开了针锋相对的斗争。我们依据《中苏友好同盟条约》规定，摘掉了国民党党部的牌子，不准他们活动，狠狠地打击了反动势力，控制了齐市的政治局面。许多进步青年、知识分子、工人和农民纷纷前来参加人民自卫军和民主大同盟，要拿枪杆子摧毁一切反动势力，建立人民政权，保卫人民政权。人民自卫军组建以后，部队发展很快，我们的部队吸收了当地武装张平洋同志领导的五庙子群众队伍数百人。在甘南地区有几股暴动的劳工武装，我们派李长德同志前去做争取工作，成立了骑兵团。不久，王化一同志带八路军一个连来到齐市，在这个连的基础上扩建了一个团。过了些日子，这个团又扩建为嫩江省人民自卫军第一旅。以后，又组建了嫩江省人民自卫军第二旅。这两个旅各有 2 个步兵团、1 个骑兵团，第一旅还编了 1 个炮兵营。讷河分区也组建了 2 个团。这些部队装备齐全，是嫩江人民自卫军的主要力量。同时，又组建了公安部队和护路军。仅一个多月时间，人民自卫军就发展成为一支拥有数千人的武装力量。

11 月初，党中央派刘锡五、于毅夫等党政军干部来到齐市，正式建立了嫩江省人民政权，我任嫩江军区司令员，嫩江军区下辖泰来、讷河、龙江、林甸四个军分区。此后，我们根据党中央的战略部署和东北局的指示，消灭日伪残余，肃清汉奸，围剿土匪，建立各级地方人民政权。中共嫩江省委和省军区党委认真分析了当时嫩江的敌情，制定了剿匪斗争方针，决定部队离开大城市，开赴各地剿匪建政，从此嫩江省大规模的剿匪斗争开始了。

抗战胜利时的东北抗日联军*

周保中

1942 年秋，东北党组织估计到，日本侵略者会加重对我东北人民殖民地化的残酷压迫，会继续加紧对抗日联军的“搜剿”。当时，抗日联军人员已减少到最低程度，若不改变斗争方针，抗联则有被完全消灭的可能。因此，中共东北委员会决定实行保存实力，培养干部的方针，抗日联军将骨干人员转移到苏联，成立 A 野营和 B 野营。在苏联同志帮助下，开始进行完全严格的训练，准备应付东北未来发展的形势。另外，东北抗日联军指定了一定人数，分编十多支小部队，每小队 10 人至 15 人，分遣北满地区 3 人，吉东及延敦地区 8 人，桦甸、蛟河地区 2 人。北安于天放同志率领的部队、桦甸郭池山同志率领的部队、敦化曲玉山同志率领的部队，均留原地活动。这些小部队的

* 本文节选自《东北抗日游击运动和东北抗日联军》，收录时做了适当修改。

活动一直坚持到1945年日本投降前夜。其中如于天放、郭池山、曲玉山同志所率各队，曾遭受打击和损失。曲玉山同志在敦化战斗中牺牲。尽管如此，各小队基本上完成了任务。

在苏联的A、B两野营组建后，东北党委员会集中精力领导抗日联军骨干部队人员进行整顿学习，努力提高干部的党性观念和政治军事素质，以求适应将要到来的新形势。

在军事上，野营进行了以现代化为主的学习训练，大部人员还学习了航空陆战队的技术，一部分学习了无线电技术和医疗卫生知识。一部分高级干部学习了毛泽东同志的《中国革命战争的战略问题》一书。同时，根据所得到的《新华日报》上刊载的整党文件，进行过初步的整风学习。

1945年5月，苏军攻占柏林之后，我们在苏军远东战线总司令普尔卡耶夫同志的积极帮助之下，以抗日联军现有干部为领导骨干，计划建立6万至10万人的军队，以便参加大规模对日作战和展开敌后抗日活动。当时还加强了东北各小部队的侦察活动和筹备降落敌后游击部队的工作。

8月9日，苏联对日宣战。东北抗日联军部队先由野营分遣十数小队降落敌后开始行动，主力部队则准备向佳木斯作战地区转移。由于日寇在英勇的苏军猛烈打击下迅速投降，东北党委员会不能不重新确定自己的斗争方针。这个方针是：争取与组织广大群众，重建东北各地党组织，建立人民武装，迎接八路军和党中央所派遣的干部，准备发动新的游击战争，对抗国民党在东北建立反动统治。为了执行党的这一指导方针，抗联干部330人，于9月初分配到东满、南满、北满50余县积极开展活动。

当苏军攻入东北边境时，抗日联军在延边的分遣小队动员群众，组织了武装部队，开始向日军补给线出击，并收缴溃散日军武装。最显著的是王浩忱（王亚东）同志所组织的小队在群众积极参加之下，在穆棱泉眼河消灭日军一支队伍，夺取了全部武器。在松花江下游地区的小队也迅速地发展并参加了饶河、宝清、同江、富锦与汤原地区的作战。领导北满小部队的于天放同志，被日寇“判处死刑”之前夜越狱逃出，不久他组织北安一带的人民自卫队，打击日寇，并与王明贵、张瑞麟、陈雷、王钧等同志之分遣队会合。

自9月初至10月20日前，抗日联军配合党中央派来东北的干部，在各地积极协助苏军肃清日伪残余和反动武装，开始建立了党的组织基础，如长春市委、吉林市委、延边党委和牡丹江市委，宁安、穆棱、林口各地方党组织。哈尔滨及黑嫩地区，也已着手建立地方党组织。

日本投降后，那些汉奸、走狗、伪警察、特务和所谓“国民党地下工作者”在各地大肆活动。他们组织“解放同盟”“解放会”和“敌产清理委员会”等，掌握印刷和出版机关，千方百计地组建武装部队。例如长春的“中国警备军”“公安大队”等。他们暗中极力进行反共反苏的宣传和挑拨破坏活动。

以长春为中心的中共东北委员会指导的各地抗联干部，积极发动和组织群众，解散反动警备队等，逮捕充当“地下军”的特务，并很快将各地“公安队”控制起来，或重新组建。长春、沈阳、吉林、延边、哈尔滨、牡丹江、齐齐哈尔及其他地方的反动报纸被查封，反动组织被解散。

关于建军工作，在10月20日东北党委员会完全移交中共中央东北局以前，我们在吉林、长春地区建立了5个步兵团、2个骑兵连。吉林市约1个团，蛟河1个团，延边警备军4个团，敦化地区1个大队。我们的这些武装力量，与国民党土匪及“先遣军”“挺进军”等反动武装展开了针锋相对的斗争。我们延边地区的武装力量曾击溃了盘踞在汪清北部的万余匪军。我们在哈尔滨、牡丹江、佳木斯、齐齐哈尔、北安、海伦、绥化等地区，都组建了或多或少的部队，统计编队的人数已达4万人以上。截至10月15日，抗联人员在各地收缴和搜查日伪武器计有：步枪近6万支，轻机枪9千余挺，重机枪800余挺，掷弹筒500多个，迫击炮20余门，山炮和野炮5门，弹药1200余万发。

由于我党在东北人民中有长期斗争的历史影响，“八一五”胜利后抗日联军指战员与广大人民重新见面，受到拥护。在配合苏军作战，协助搜剿日伪残余，维持东北收复后的社会秩序方面，抗日联军占着有利地位，起了相当的积极作用。有许多同志为党的事业献出了自己的生命，体现了无产阶级革命战士忠贞不拔，始终为人民利益而牺牲自己一切的崇高品质。